Unidad de lugar

Seix Barral Biblioteca Breve

Juan José Saer
Unidad de lugar

Diseño de colección:
Josep Bagà Associats

© 1996, Juan José Saer

Derechos exclusivos de edición en castellano
reservados para Latinoamérica
© 1996, 2000, Editorial Planeta Argentina S.A.I.C. / Seix Barral
Independencia 1668, 1100 Buenos Aires
Grupo Planeta

Segunda edición en esta colección: noviembre de 2000

ISBN 950-731-292-7

Hecho el depósito que indica la ley 11.723
Impreso en la Argentina

Ninguna parte de esta publicación, incluido
el diseño de la cubierta, puede ser
reproducida, almacenada o transmitida
en manera alguna ni por ningún medio,
ya sea eléctrico, químico, mecánico,
óptico, de grabación o de fotocopia,
sin permiso previo del editor.

Advertencia

La broma del rey al cochero a propósito del accidente de tránsito que el soldado narra al capitán en el cuento titulado "Paramnesia" está tomada del epistolario de Francisco de Quevedo (Carta LXIII, al marqués de Velada y San Román, 1624): "Salí del juicio y del coche. Hallé al cochero hecho santiguador de caminos, diciendo no le había sucedido tal en su vida. Yo le dije: 'Vuesa merced lo ha volcado tan bien, que parece que lo ha hecho ya muchas veces'".

Sombras sobre vidrio esmerilado

A Biby Castellaro

¡Qué complejo es el tiempo, y sin embargo, qué sencillo! Ahora estoy sentada en el sillón de Viena, en el living, y puedo ver la sombra de Leopoldo que se desviste en el cuarto de baño. Parece muy sencillo al pensar "ahora", pero al descubrir la extensión en el espacio de ese "ahora", me doy cuenta enseguida de la pobreza del recuerdo. El recuerdo es una parte muy chiquitita de cada "ahora", y el resto del "ahora" no hace más que aparecer, y eso muy pocas veces, y de un modo muy fugaz, como recuerdo. Tomemos el caso de mi seno derecho. En el ahora en que me lo cortaron, ¿cuántos otros senos crecían lentamente en otros pechos menos gastados por el tiempo que el mío? Y en este ahora en el que veo la sombra de mi cuñado Leopoldo proyectándose sobre los vidrios de la puerta del cuarto de baño y llevo la mano hacia el corpiño vacío, relleno con un falso seno de algodón puesto sobre la blanca cicatriz, ¿cuántas manos van hacia cuántos senos verdaderos, con temblor y delicia? Por eso digo que el presente es en gran parte recuerdo y que el tiempo es complejo aunque a la luz del recuerdo parezca de lo más sencillo.

Soy la poetisa Adelina Flores. ¿Soy la poetisa Adelina Flores? Tengo cincuenta y seis años y he publicado tres libros: *El camino perdido, Luz a lo lejos* y *La dura oscuridad*. Ahora veo la sombra de mi cuñado Leopoldo proyectándose agrandada sobre el vidrio de la puerta del baño. La puerta no da propiamente al living, sino a una especie de antecámara, y solamente por casualidad, porque está más cerca de la puerta de calle, que he dejado abierta para tomar aire, he traído el sillón de Viena a este lugar y estoy hamacándome lentamente en él. El sillón de Viena cruje levemente. No podía soportar mi cuarto, y no únicamente por el calor. Por eso vine aquí. Es difícil soportar encerrada entre libros polvorientos los atardeceres de este terrible enero. Susana ha salido. No sale nunca, pero hoy dijo que su pierna derecha le dolía y pidió turno para el médico. Así que está afuera desde las seis. Hamacándome lentamente veo cómo Leopoldo se desabrocha con cuidado la camisa, se la saca, y después se da vuelta para colgarla de la percha del baño. Ahora comienza a desabrocharse el pantalón. Advierto que tengo la mano sobre el puñado de algodón que le da forma al corpiño en la parte derecha de mi cuerpo, y bajo la mano. He visto crecer y cambiar ciudades y países como a seres humanos, pero nunca he podido soportar ese cambio en mi cuerpo. Ni tampoco el otro: porque aunque he permanecido intacta, he visto con el tiempo alterarse esa aparente inmutabilidad. Y he descubierto que muchas veces es lo que cambia en una lo que le permite a una seguir siendo la misma. Y que lo que permanece en una intacto, puede cambiarla para mal. La sombra de Leopoldo se proyecta sobre el vidrio esmerilado, de un modo extraño, moviéndose, ahora que Leopoldo se inclina para sacarse el pantalón, encorvándose para desenfundar una pierna primero, irguiéndose al conseguirlo, y volviéndose a encorvar para sacar la otra, irguiéndose otra vez enseguida.

("Sombras" "Sombras sobre" "Cuando una sombra sobre un vidrio veo" No.) Ese chico, ¿cómo se llamaba? Tomatis. El me dijo una vez lo que piensa de mí, en la mesa redonda sobre la influencia de la literatura en la educación de la adolescencia. Yo no quería estar en ese escenario de la universidad. Pero vino el editor y me dijo: "¿No te parece que si te presentaras más seguido en público para exponer tus puntos de vista *La dura oscuridad* podría salir un poco más, Adelina?". Así que me vi sentada en el escenario frente a la sala llena. Había cientos de caras que me miraban esperando que yo diera mi opinión, en ese salón frío y lleno de ecos. Tomatis estaba sentado en el otro extremo de la mesa. Hice una corta exposición, aunque la presencia de toda esa gente expectante me inhibía mucho. (Leopoldo acomoda cuidadosamente el pantalón, sosteniéndolo desde las botamangas, con el brazo alzado para conservar la raya. Después lo dobla y comienza a pasarlo por el travesaño de una percha: lo veo.) Cuando terminé de hablar, Tomatis se echó a reír. "La señorita Flores –dijo, riéndose y poniéndose como pensativo– ha dicho hermosas palabras sobre la condición de los seres humanos. Lástima que no sean verdaderas. Digo yo, la señorita Flores, ¿ha estado saliendo últimamente de su casa?" Los cientos de personas que estaban sentadas contemplándonos se echaron a reír. Yo no dije una palabra más; y cuando terminó la mesa redonda y fuimos a la comida que nos ofreció la universidad, Tomatis se sentó al lado mío. Se lo pasó todo el tiempo charlando y riendo, fumando y tomando vino. Y en un aparte se volvió hacia mí y me dijo: "¿Usted no cree en la importancia de la fornicación, Adelina? Yo sí creo. Eso les pasa a ustedes, los de la vieja generación: han fornicado demasiado poco, o en su defecto nada en absoluto. ¿Sabe? Se dice que usted tiene un seno de menos. No, no estoy borracho. O sí, capaz que un poco sí. ¿Es cierto? ¿No piensa que usted misma lo ha matado? Yo pienso que sí. ¿Sabe? Usted me cae muy simpática, Adelina. Tiene un par de sonetos por ahí que valen la pena. Perdóneme la franqueza, pero yo soy así. Usted debería fornicar más, Adelina, sabe, romper la camisa de fuerza del soneto –porque las formas heredadas son una especie de virginidad– y empezar con otra cosa. Me juego la cabeza de que usted es capaz de salir adelante. Usted que la tiene cerca, páseme esa botella de vino. Gracias". Recuerdo perfectamente el lugar: un restaurante del centro con manteles cuadriculados, rojos y blancos, los platos sucios, los restos de pescado, y las botellas de vino tinto a medio vaciar. Ahora Leopoldo se ha sacado el calzoncillo y lo observa. Ha quedado completamente desnudo. Se inclina para dejarlo caer en el canasto de la ropa sucia que está en el costado del baño, junto a la bañadera. Puedo ver su sombra agrandada, pero no desmesuradamente, sobre los vidrios esmerilados de la puerta del baño que da a la antecámara.

En este momento, únicamente esa sombra es "ahora", y el resto del "ahora" no es más que recuerdo. Y a veces, tan diferente del "ahora", ese recuerdo, que es cosa de ponerse a llorar. Es terrible pensar que lo único visible y real no son más que sombras. Si pienso que en este mismo momento los bañistas se pasean en traje de baño bajo los árboles tranquilos del parque del Sur, sé que eso no es ahora, sino recuerdo. Porque es posible que en este momento no haya ni un solo bañista en el parque del Sur, o, si hay alguno, no esté paseándose precisamente bajo los árboles que yo creo recordar; hasta es probable que estén todos echados en la arena de la playa, o en el agua, mientras el sol del crepúsculo vuelve roja la laguna y dos chicos se tiran uno al otro una pelota de goma que retumba en medio del silencio cuando choca contra la tierra. Pero me gusta imaginar que en este momento, en los barrios, las chicas se pasean en grupos de tres o cuatro tomadas del brazo, recién bañadas y perfumadas, y que grupos de muchachos las contemplan desde la esquina. Puedo ver las calles del centro abarrotadas de coches y colectivos y a Susana bajando lentamente, con cuidado por su pierna dolorida, las escaleras de la casa del médico. Es como si estuviera aquí y al mismo tiempo en cada parte. ¡Es tan complejo y sin embargo, tan sencillo! Ahora vuelvo ligeramente la cabeza y veo la mampara que da al patio. Entreveo los vidrios encortinados y el último resplandor de la tarde que penetra en el living a través de las grandes cortinas verdes. También veo los sillones vacíos, abandonados —¡y cuántas veces nos hemos sentado en ellos Susana, Leopoldo, o yo o las visitas!— forrados en provenzal floreado. Las flores son verdes y azules, sobre fondo blanco. Hay una lámpara de pie, al lado de uno de los sillones, apagada. Pero yo me he traído el viejo sillón de Viena de mamá desde mi habitación y me he sentado en él —estoy hamacándome lentamente— para que el aire de la calle atraviese el living y se impregne como agua fría o como un olor sobre mi cuerpo. Ahora que no veo la puerta de vidrios esmerilados del baño, ¿qué estará proyectándose sobre ella? Seguramente el cuerpo desnudo de Leopoldo –¡el cuerpo desnudo de Leopoldo!–, pero ¿en qué posición? ¿Tendrá los brazos alzados, se rascará el pecho con las dos manos, se tocará el cabello, o se habrá echado ligeramente hacia atrás para mirarse en el espejo? Es terrible, pero ese ahora, tan cercano, no es más que recuerdo; y si vuelvo la cabeza otra vez hacia la puerta que da a la antecámara el "ahora" de los sillones de funda floreada, vacíos y abandonados, y las cortinas a través de las cuales penetra la luz crepuscular, no será más que recuerdo. Vuelvo la cabeza; ahora. La sombra de Leopoldo ha desaparecido. Ha de estar sentado, haciendo sus necesidades. ("Veo una sombra sobre un vidrio""Veo""Veo una sombra sobre un vidrio. Veo.")

En el vidrio vacío no se ve más que el resplandor difuso de la luz eléctrica, encendida en el interior del cuarto de baño. Es uno de esos días terribles de enero, de luz cenicienta; no está nublado ni nada, pero la luz tiene un color ceniza, como si el sol se hubiese apagado hace mucho tiempo y llegara al planeta el reflejo de una luz muerta. Mi sencillo vestido gris y mi pelo gris condensan esa luz húmeda y muerta, y están como nimbados por un resplandor pútrido; y como acabo de bañarme no he hecho más que condensar humedad sobre mi vieja piel blanca llena de vetas como de cuarzo. Tengo los brazos apoyados sobre la madera curva del sillón de Viena. Con el tiempo, si es que estoy viva, tomaré el color de la esterilla del sillón, me iré volviendo amarillenta y lustrosa, pulida por el tiempo. En eso fundo su sencillez. En que solamente pule y simplifica y preserva lo inalterable, reduciendo todo a simplicidad. Me dicen que destruye, pero yo no lo creo. Lo único que hace es simplificar. Lo que es frágil y pura carne que se vuelve polvo desaparece, pero lo que tiene un núcleo sólido de piedra o hueso, eso se vuelve suave y límpido con el tiempo y permanece. Ahora Susana debe estar bajando lentamente las escaleras de mármol blanco de la casa del médico, agarrándose del pasamanos para cuidar su pierna dolorida; ahora acaba de llegar a la calle y se queda un momento parada en la vereda sin saber qué dirección tomar, porque sale muy poco y siempre se desorienta en el centro de la ciudad; está con su vestido azul, sus anteojos (siempre creen que Adelina Flores es ella, por los anteojos, y no yo) y sus zapatones negros de grueso taco bajo, que tienen cordones como los zapatos masculinos; mira como desconcertada en distintas direcciones, porque por un momento no sabe cuál tomar, mientras a la luz del crepúsculo pasa la gente apurada y vestida de verano por la vereda, y un estruendo de colectivos y automóviles por la calle. Ahora con un movimiento de cabeza y un gesto que no revela el menor sentido del humor, sacándose los dedos de los labios, donde los había puesto mecánicamente al adoptar una actitud pensativa, Susana recuerda en qué dirección se encuentra la esquina donde debe tomar el colectivo y comienza a caminar con lentitud, decrépita y reumática, hacia ella. Hay como una fiebre que se ha apoderado de la ciudad, por encima de su cabeza –y ella no lo nota– en este terrible enero. Pero es una fiebre sorda, recóndita, subterránea, estacionaria, penetrante, como la luz de ceniza que envuelve desde el cielo la ciudad gris en un círculo mórbido de claridad condensada. ("Veo una sombra sobre un vidrio. Veo.") Veo a Susana atravesar lentamente el aire pesado y gris dirigiéndose hacia la parada de ómnibus donde debe esperar el dieciséis para volver en él a casa. Eso si es que ya ha salido de lo del médico porque es probable que ni siquiera haya entrado todavía al consultorio y esté sentada leyendo una revista en la sala de espera. El techo de la sala de espera es alto; yo he estado ahí cientos de veces, muy alto, y el juego de sillones de madera con la mesita central para las revistas y el cenicero es demasiado frágil y chico en relación con ese techo altísimo y la extensión de la sala de espera, que originariamente era en realidad el vestíbulo de la casa. ("Algo que amé" "Veo una sombra sobre un vidrio. Veo" "algo que amé" "hecho sombra, proyectado" "hecho sombra y proyectado" "Veo una sombra sobre un vidrio. Veo" "algo que amé hecho sombra y proyectado") Puedo escuchar el crujido lento y uniforme del sillón de Viena. Sé pasarme las horas hamacándome con lentitud, la cabeza reclinada contra el respaldar, mirando fijamente un punto del vacío, sin verlo, en el interior de mi habitación, rodeada de libros polvorientos, oyendo crujir la vieja madera como si estuviera oyendo a mis propios huesos. Desde mi habitación he venido escuchando durante treinta años los ruidos de la casa y de la ciudad, como celajes de sonido acumulados en un horizonte blanco. Ahora escucho el ruido súbito de la cadena del inodoro y el del agua en un torrente rápido, lleno de tintineos como metálicos; después el chorro que vuelve a llenar el tanque. La sombra de Leopoldo reaparece en los vidrios esmerilados de la puerta; se pone de perfil; ha de estar mirándose en el espejo. ¿Se afeitará? Veo cómo se pasa la mano por la cara. Ha mantenido la línea, durante tantos años, pero se ha llenado de endeblez y fragilidad. Al hamacarme, yendo para adelante y viniendo para atrás, la sombra da primero la impresión de que avanzara, y después la de que retrocediera. Vino a casa por mí la primera vez, pero después se casó con Susana. Todo es terriblemente literario. ("en el reflejo oscuro") Fue un alivio, después de todo. Pero los primeros dos años, antes de que se casaran y Leopoldo empezara a trabajar como agente de publicidad del diario de la ciudad –el primer agente de publicidad de la ciudad, creo, y en eso fue un verdadero precursor–, los primeros dos años nos divertimos como locos, sin descansar un solo día, yendo y viniendo de día y de noche por la ciudad, en invierno y verano, hasta un día cuya víspera pasamos entera en la playa, en que Leopoldo vino a la noche a casa y le pidió al finado papá la mano de Susana después de la cena. Pero el día antes había sido una verdadera fiesta. Fue un viernes, me acuerdo perfectamente. Leopoldo pasó a buscarnos muy de mañana, cuando recién había amanecido; estaba todo de blanco, igual que nosotras, que llevábamos unos vestidos blancos y unos sombreros de playa blancos como estoy segura de que ni hasta hoy se ha atrevido a llevar nadie en esta bendita ciudad. Yo llevaba conmigo los versos de Alfonsina. [Va a afeitarse, sí. Ahora ha abierto el botiquín y mira su interior buscando los elementos ("en el reflejo oscuro" "sobre la transparencia" "del deseo") Alza los brazos y comienza a sacar los elementos.] Ya era diciembre, pero hacía fresco de mañana. Yo misma manejaba el Studebaker de papá, y Susana iba sentada al lado mío. En el asiento de atrás iba Leopoldo, al lado de la canasta de la merienda, tapada con un mantel blanco. El aire ("sobre la transparencia del deseo" "como sobre un cristal esmerilado") fresco, limpio, resplandecía, penetrando por el hueco de las ventanillas bajas que vibraban con la marcha del automóvil. Yo podía ver por el retrovisor la cara de Leopoldo vuelta ligeramente hacia la ventanilla mirando pensativa el río. Nos fuimos a una playa desierta, lejos de la ciudad, por el lado de Colastiné. Había tres sauces inclinados hacia el río –la sombra parecía transparente– y arena amarilla. Nadamos toda la mañana y yo les leí poemas de Alfonsina: y cuando llegué a donde dice: "Una punta de cielo/rozará/la casa humana", me separé de ellos y me fui lejos, entre los árboles, para ponerme a llorar. Ellos no se dieron cuenta de nada. Después extendimos el mantel blanco y comimos charlando y riéndonos bajo los árboles. Habíamos preparado riñón –a Leopoldo le gustan mucho las achuras– y yo no sé cuántas cosas más, y habíamos dejado toda la mañana una botella de vino blanco en el agua, justo debajo de los tres sauces, para que el agua la enfriara. Fue el mejor momento del día: estábamos muy tostados por el sol y Leopoldo era alto, fuerte, y se reía por cualquier cosa. Susana estaba extraordinariamente linda. Lo de reírnos y charlar nos gustó a todos, pero lo mejor fue que en un determinado momento ninguno de los tres habló más y todo quedó en silencio. Debemos haber estado así más de diez minutos. Si presto atención, si escucho, si trato de escuchar sin ningún miedo de que la claridad del recuerdo me haga daño, puedo oír con qué nitidez los cubiertos chocaban contra la porcelana de los platos, el ruido de nuestra densa respiración resonando en un aire tan quieto que parecía depositado en un planeta muerto, el sonido lento y opaco del agua viniendo a morir a la playa amarilla. En un momento dado me pareció que podía oír cómo crecía el pasto a nuestro alrededor. Y enseguida, en medio del silencio, empezó lo de las miradas. Estuvimos mirándonos unos a otros como cinco minutos, serios, francos, tranquilos. No hacíamos más que eso: nos mirábamos, Susana a mí, yo a Leopoldo, Leopoldo a mí y a Susana, terriblemente serenos, y después no me importó nada que a eso de las cinco, cuando volvía sin hacer ruido después de haber hecho sola una expedición a la isla –y volvía sin hacer ruido para sorprenderlos y hacerlos reír, porque creía que jugaban todavía a la escoba de quince–, los viese abrazados desde la maleza y oyese la voz de Susana que hablaba entre jadeos diciendo: "Sí. Sí. Sí. Sí. Pero ella puede venir. Puede venir. Ella puede venir. Sí. Sí. Pero puede venir". Los vi, claramente: él estaba echado sobre ella y tenía el traje de baño más abajo de las rodillas. La parte de su cuerpo que yo no había visto nunca era blanca, lechosa, y a mí se me ocurrió lisa y la idea de tocarla alguna vez me revolvió el estómago. En ese momento se oyó un crujido en la maleza y Leopoldo se paró de un salto, dejando ver enteramente a Susana que había dejado correr los breteles de su traje de baño y había sacado los brazos por entre ellos de modo tal que el traje de baño había bajado hasta el vientre. Yo conocía ya esas partes del cuerpo de Susana que no estaban tostadas, las había visto muchas veces. Pero cuando Leopoldo saltó, dificultosamente, con el traje de baño más abajo de la rodilla, se volvió en la dirección en que yo estaba, por pudor, ya que el ruido se había oído en dirección contraria al lugar donde yo estaba. Vi *eso*, enorme, sacudiéndose pesadamente, desde un matorral de pelo oscuro; lo he visto otras veces en caballos, pero no balanceándose en dirección a mí. Fue un segundo, porque Leopoldo se subió enseguida el traje de baño y se sentó rápidamente frente a Susana —y no pude ver en qué momento Susana se alzó el traje de baño, se acomodó el pelo y recogió los naipes, pero ya lo estaba esperando cuando él se sentó manoteando apresuradamente dos o tres cartas del suelo. Me quedé inmóvil más de quince minutos, hasta que los vi tranquilos, y yo misma me sentí así. Después nos bañamos desde el crepúsculo hasta que anocheció —me parece oír todavía el chapoteo de nuestros cuerpos húmedos que relumbraban en la oscuridad azul— y al otro día Leopoldo le pidió al pobre papá la mano de Susana.

En este momento puedo ver cómo Leopoldo, imprimiendo un movimiento circular a su mano, se llena la cara de espuma con la brocha. Lo hace rápidamente; ahora baja el brazo y la sombra de su cara, sobre el vidrio esmerilado que refleja también la luz confusa del interior del cuarto de baño, se ha transformado: la sombra de la espuma que le cubre las mejillas parece la sombra de una barba, un matorral de pelo oscuro. Alza el brazo otra vez y con la punta de la brocha se golpea el mentón, varias veces y suavemente, como si se hubiese quedado pensativo; pero eso no puede verse. Deja la brocha y después de un momento alza otra vez las dos manos, en una de las cuales tiene la navaja, y comienza a rasurarse lentamente, con cuidado. Lentamente, con cuidado, Susana ha de estar bajando ya las escaleras blancas de la casa del médico, en dirección a la calle. Va a pararse un momento en la vereda, para orientarse, porque no va casi nunca al centro. La sombra de Leopoldo se proyecta ahora mostrando cómo se rasura, lentamente, con cuidado, con la navaja; ahora cambia la navaja de mano y se pasa el dorso de la mano libre por la mejilla, a contrapelo, para comprobar la eficacia de la rasurada. Sé qué va a hacer cuando termine de afeitarse y de bañarse: va a llevar la perezosa al patio, entre las macetas llenas de begonias, de helechos, de amarantos y de culandrillos, y va a sentarse en la perezosa en medio del patio; va a estar un rato ahí, fumando en la oscuridad; va a decir: "¿Quedan espirales, Susana, querida?" y después va a ponerse a tararear por lo bajo. Todos los anocheceres de setiembre a marzo hace exactamente eso. Después de un momento va a servirse el primer vermut con amargo y yo podré saber cuándo va a llenar nuevamente su vaso porque el tintineo del hielo contra las paredes del vaso semivacío me hará saber que ya lo está acabando. Va a ("En confusión, súbitamente, apenas"). Siento crujir los huesos del sillón de Viena. Apenas se haya afeitado y se haya bañado lo va a hacer: va a llevar la perezosa al centro del patio de mosaicos, la perezosa de lona anaranjada, después de ponerse su pijama recién lavado y planchado, y va a fumar un cigarrillo antes de ("vi que estallaba" "vi" "vi el estallar de un cuerpo y de una" "y de su" "la explosión" "vi la explosión de un cuerpo y de su sombra" "En confusión, súbitamente, apenas", "vi la explosión de un cuerpo y de su sombra") La brasa del cigarrillo, un punto rojo, va a parecer un ojo único, insomne y sin parpadeos, avivándose a cada chupada. Y cuando escuche el tintineo del hielo contra las paredes frías del vaso, voy a saber que ha tomado su primer vermut con amargo y que va a servirse el segundo.

El tiempo de cada uno es un hilo delgado, transparente, como los de coser, al que la mano de Dios le hace un nudo de cuando en cuando y en el que la fluencia parece detenerse nada más que porque la vertiente pierde linealidad. O como una línea recta marcada a lápiz con una cruz atravesándola de trecho en trecho, que se alarga ilusoriamente ante los ojos del que mira porque su visión divide la línea en los fragmentos comprendidos entre cruz y cruz. Lo de la cruz está bien, porque cruz significa muerte. Papá y mamá murieron en el cuarenta y ocho, con seis meses de diferencia uno del otro. El peronismo se llevó a papá: fue algo que no pudo soportar. Y mamá terminó seis meses después que él, porque siempre lo había seguido. "Después del primer año de casados —me dijo mamá en su lecho de muerte— nunca tuvo la menor consideración conmigo. Pero, ¿qué puedo hacer sin él?" Yo estaba con un traje sastre gris, me acuerdo perfectamente; mamá se incorporó y me agarró de las solapas, y me atrajo hacia ella; tenía los ojos extraordinariamente abiertos y la cara apergaminada y llena de arrugas, y eso que no era demasiado vieja. Nunca la había visto así. Y no era que le tuviese miedo a la muerte. Nunca se lo había tenido. Comenzó a hacer un esfuerzo terrible, jadeando, pestañeando, estirando los labios gastados y lisos que se le llenaban de saliva o de baba –no sé qué era– y me di cuenta de que quería decirme algo. No lo consiguió. Murió aferrada a las solapas de mi traje gris y –("ahora el silencio teje cantilenas") Durante todos estos años no hago más que reflexionar sobre lo que mamá trató de decirme. Tuve que hacer un esfuerzo terrible para arrancar de mis solapas sus manos aferradas; y estaban tan tensas y blancas que yo podía notar la blancura feroz de los huesos y de los cartílagos. Cuando doce años después me cortaron el pecho, yo soñé que arrancaba de mis solapas las manos de mamá ("más largas" "ahora el silencio teje cantilenas", "más largas") y que una de sus manos se llevaba mi pecho. Pero no se lo llevaba para hacerme mal, sino para protegerme de algo. Ese sueño vuelve casi todas las noches, como si una aguja formara con mi vida, de un modo mecánico y regular, un tejido con un único punto. Sé que esta noche va a volver. Voy a despertarme jadeando y sollozando apagadamente en mi cama solitaria, rodeada de libros polvorientos, cerca de la madrugada, pero después voy a respirar con alivio. Cada uno conoce secretamente el significado de sus propios sueños, y sé que si mamá quiere llevarse mi pecho a la tumba, hay algo bienintencionado en ella, aunque su acto pueda parecer malo –y capaz que lo sea. No podemos juzgar nuestros actos más que en relación con lo que hemos esperado de la vida y lo que ella nos ha dado. A mamá y a mí nos dio también esa mañana –ese nudo, esa cruz– en la que papá se sentó muy temprano a desayunar con nosotros. Fue al día siguiente de haberse afiliado al partido peronista. ("Ahora el silencio teje cantilenas" "más largas") Papá estaba sentado en la cabecera y no le dirigíamos la palabra porque nos dábamos cuenta de que estaba muy nervioso ("que duran más.") No nos hablaba cuando estaba irritado. Siempre me había llamado la atención la piel de su cara por lo blanca que la tenía y cómo sin embargo, en la parte alta de las mejillas, cerca de los pómulos, se le habían ido formando unas redes tenues, complicadas, de venillas rojas. Papá tomó su segunda taza de café y después se recostó sobre el respaldar de la silla y empezó a roncar. Eran unos ronquidos silbantes, secos, recónditos y cavernosos ("que duran más que el cuerpo" "y que la sombra" "que duran más que el cuerpo y que la sombra"). Primero vi la mosca recorriendo la red de venillas rojas sobre la mejilla derecha, como una señal negra desplazándose por una red ferroviaria dibujada en líneas rojas en un mapa proyectado en una pared transparente. Pero no empecé a murmurar "Mamá. Mamá" –sin desviar ni un momento la mirada del rostro de papá– hasta que no vi cómo la mosca comenzaba a bajar, con la misma facilidad con que podría haberlo hecho sobre una piedra, desde el pómulo hasta la comisura de los labios, y después entraba en la boca. No parecía haber entrado en la boca de papá, haber estado recorriendo el cuerpo de papá, sino nada más que una reproducción en piedra de él, porque ya ni siquiera roncaba.

Ahora Leopoldo vuelve a cambiar la navaja de mano y sigue rasurándose. Cuando se inclina hacia el espejo para verse mejor el perfil de su sombra desaparece, cortado rectamente por el marco de madera de la puerta, y sobre el vidrio se ve el reflejo difuso –como unas escaras de luz dispuestas de un modo concéntrico, puntillista– de la luz eléctrica. Me balanceo suavemente en el sillón de Viena. Doy vuelta la cabeza y veo cómo la luz gris penetra en la habitación a través de las cortinas verdes, empalideciendo todavía más. Los sillones vacíos saben estar ocupados a veces –pero eso no es más que recuerdo. Con levantarme y llegar al patio y alzar la cabeza, podría ver un fragmento de cielo, vaciándose en el hueco que dejan las paredes de musgo, agrisadas. Saliendo a la puerta miraría la calle vacía, sin árboles, llena de casas de una planta, enfrentándose en dos hileras rectas y regulares a través de la vereda de baldosas grises y de la calle empedrada. De noche, en las proximidades de la luz de la esquina se ve relucir opacamente el empedrado. Los insectos revolotean alrededor de la luz, ciegos y torpes, chocan contra la pantalla metálica con un estallido, y después se arrastran por el adoquín con las alas rotas. Puede vérselos de mañana aplastados contra las piedras grises por las ruedas de los automóviles. De noche sé escuchar su murmullo. Y cuando había árboles en la cuadra, a esta hora empezaba el estridor monótono de las cigarras. Comenzaban separadamente, la primera muy temprano, a eso de las cinco, y enseguida empezaba a oírse otra, y después otra y otra, como si hubiese habido un millón cantando al unísono. Yo no lo podía soportar. El haber cedido y venirme a vivir con ellos ya me resultaba insoportable. Tenía miedo, siempre, de abrir una puerta, cualquiera, la del cuarto de baño, la del dormitorio, la de la cocina, y verlo aparecer a él con *eso* a la vista, balanceándose pesadamente, apuntando hacia mí desde un matorral de pelo oscuro. Nunca he podido mirarlo de la cintura para abajo, desde aquella vez. Pero lo de las cigarras ya era verdaderamente terrible. Así que me vestía y salía sola, al anochecer; a ellos les decía que me faltaba el aire. Primero recorría el parque del Sur, con su lago inmóvil, de aguas pútridas, sobre el que se reflejaban las luces sucias del parque; atravesaba los caminos irregulares, y después me dirigía hacia el centro por San Martín, penetrando cada vez más la zona iluminada; de allí iba a dar una vuelta por la estación de ómnibus y después recorría el parque de juegos que se extendía frente a ella antes de que construyeran el edificio del Correo; iba hasta el palomar, un cilindro de tejido de alambre, con su cúpula roja terminada en punta, y escuchaba durante un largo rato el aleteo tenso de las palomas. Nunca me atreví a caminar sola por la avenida del puerto para cortar camino y llegar a pie al puente colgante. Al puente llegaba en ómnibus o en tranvía. Me bajaba de la parada del tranvía y caminaba las dos cuadras cortas hacia el puente, percibiendo contra mi cuerpo y contra mi cara la brisa fría del río. Me gustaba mirar el agua, que a veces pasa rápida, turbulenta y oscura, pero emite un relente frío y un olor salvaje, inolvidable, y es siempre mejor que un millón de cigarras ocultas entre los árboles y –("Ah") Volvía después de las once, con los pies deshechos; y mientras me aproximaba a mi casa, caminando lentamente, haciendo sonar mis tacos en las veredas, prestaba atención tratando de escuchar si se oía algún rumor proveniente de aquellos árboles porque ("Ah si un cuerpo nos diese" "Ah si un cuerpo nos diese" "aunque no dure" "una señal" "cualquier señal" "de sentido" "oscuro" "oscura" "Ah si un cuerpo nos diese aunque no dure" "una señal" "cualquier señal oscura" "Ah si un cuerpo nos diese aunque no dure" "cualquier señal oscura de sentido" "Veo una sombra sobre un vidrio. Veo" "algo que amé hecho sombra y proyectado" "sobre la transparencia del deseo" "como sobre un cristal esmerilado" "En confusión, súbitamente, apenas", "vi la explosión de un cuerpo y de su sombra" "Ahora el silencio teje cantilenas" "que duran más que el cuerpo y que la sombra" "Ah si un cuerpo nos diese, aunque no dure" "cualquier señal oscura de sentido") Si podían oírse, entonces me volvía y caminaba sin ninguna dirección, cuadras y cuadras, hasta la madrugada. Porque estar sentada en el patio, o echada en la cama entre los libros polvorientos, oyendo el estridor unánime de ese millón de cigarras, era algo insoportable, que me llenaba de terror.

Ahora la sombra sobre el vidrio esmerilado me dice que Leopoldo ha terminado de afeitarse, porque ya no tiene la navaja en las manos y se pasa el dorso de las manos suavemente por las mejillas ("como un olor" "salvaje" "como un olor salvaje") Había migas, restos de comida, manchas de vino tinto sobre el mantel cuadriculado rojo y blanco. Era un salón largo, y el sonido polítono de las voces se filtraba por mis tímpanos adormecidos, atentos únicamente a las fluctuaciones hondas de mí misma, parecidas a voces. Me he estado oyendo a mí misma durante años sin saber exactamente qué decía, sin saber siquiera si eso era exactamente una voz. No se ha tratado más que de un rumor constante, sordo, monótono, resonando apagadamente por debajo de las voces audibles y comprensibles que no son más que recuerdo ("que perdure"), sombras. El me daba frecuentemente la espalda, mientras hablaba a los gritos con el resto de los invitados. Parecía reinar sobre el mundo. Yo lo hubiese llevado conmigo esa noche, me habría desvestido delante de él y agarrándolo del pelo le hubiese inclinado la cabeza y lo hubiese obligado a mirar fijamente la cicatriz, la gran cicatriz blanca y llena de ramificaciones, la marca de los viejos suplicios que fueron carcomiendo lentamente mi seno, para que él supiese. Porque así como cuando lloramos hacemos de nuestro dolor que no es físico, algo físico, y lo convertimos en pasado cuando dejamos de llorar, del mismo modo nuestras cicatrices nos tienen continuamente al tanto de lo que hemos sufrido. Pero no como recuerdo, sino más bien como signo. Y él no paraba de hablar. "¿De veras, Adelina? ¿No le parece, Adelina? ¿Que cómo me siento? ¡Cómo quiere que me sienta! Harto de todo el mundo, lógicamente. No, por supuesto, Dios no existe. Si Dios existiera, la vida no sería más que una broma pesada, como dice siempre Horacio Barco. Somos dos generaciones diferentes, Adelina. Pero yo la respeto a usted. Me importa un rábano lo que digan los demás y sé que a la generación del cuarenta más vale perderla que encontrarla, pero hay un par de poemas suyos que funcionan a las mil maravillas. Dirán que los dioses los han escrito por usted, y todo eso, sabe, pero a mí me importa un rábano. Hágame caso, Adelina: fornique más, aunque en eso vaya contra las normas de toda una generación." Era una noche de pleno ("contra las diligencias"). Era una noche de pleno invierno. Los ventanales del restaurant estaban empañados por el vaho de la helada. Y cuando nos separamos en la calle la niebla envolvía la ciudad; parecía vapor, y a la luz de los focos de las esquinas parecía un polvo blanco y húmedo, una miríada de partículas blancas girando en lenta rotación. Apenas nos separábamos unos metros los contornos de nuestras figuras se desvanecían, carcomidos por esa niebla helada. Me acompañaron hasta la parada de taxis y Tomatis se inclinó hacia mí antes de cerrar de un golpe la portezuela: "La casualidad no existe, Adelina", me dijo. "Usted es la única artífice de sus sonetos y de sus mutilaciones." Después se perdió en la niebla, como si no hubiese existido nunca. Lo que desaparece de este mundo, ya no falta. Puede faltar dentro de él, pero no estando ya fuera. Existen los sonetos, pero no las mutilaciones: hay únicamente corredores vacíos, que no se han recorrido nunca, con una puerta de acceso que el viento sacude con lentitud y hace golpear suavemente contra la madera dura del marco; o desiertos interminables y amarillos como la superficie del sol, que los ojos no pueden tolerar; o la hojarasca del último otoño pudriéndose de un modo inaudible bajo una gruta de helechos fríos, o papeles, o el tintineo mortal del hielo golpeando contra las paredes de un vaso con un resto aguado de amargo y vermut; pero no las mutilaciones. Las cicatrices sí, pero no las mutilaciones. El taxi atravesaba la niebla, reluciente y húmedo, y en su interior cálido el chofer y yo parecíamos los únicos cuerpos vivos entre las sólidas estructuras de piedra que la niebla apenas si dejaba entrever. ("las formaciones" "contra las diligencias" "contra las formaciones") Afuera no había más que niebla; pero yo vi tantas cosas en ella, que ahora no puedo recordar más que unas pocas: unos sauces inclinados sobre el agua, proyectando una sombra transparente; unas manos aferradas —los huesos y los cartílagos blanquísimos— a las solapas de mi traje sastre; una mosca entrando a una boca abierta y dura, como de mármol; algunas palabras leídas mil veces, sin acabar nunca de entenderlas; un millón de cigarras cantando monótonamente y al unísono ("del olvido"), en el interior de mi cráneo; una cosa horrible, llena de venas y nervios, apuntando hacia mí, balanceándose pesadamente desde un matorral de pelo oscuro; una imagen borrosa, impresa en papel de diario, hecha mil pedazos y arrojada al viento por una mano enloquecida. Todo eso era visible en las paredes mojadas por la niebla, mientras el taxi atravesaba la ciudad. Y era lo único visible.

En este momento ("Y que por ese olor") En este momento Susana debe estar bajando lentamente, con cuidado, las escaleras de mármol blanco de la casa del médico. Puedo verla en la calle ("y que por ese olor reconozcamos"), en el crepúsculo gris, parada en medio de la vereda, tratando de orientarse ("el solar en el que" "dónde debemos edificar" "el lugar donde levantemos" "cuál debe ser el sitio"). Está con su vestido azul, que tiene costuras blancas, semejantes a hilvanes, alrededor de los grandes bolsillos cuadrados y en los bordes de las solapas. Sus ojos marrones, achicados por las formaciones adiposas de la cara, como dos pasas de uvas incrustadas en una bola de masa cruda, se mueven inquietos y perplejos detrás de los anteojos. Está tratando de saber dónde queda exactamente la parada de colectivos. Leopoldo pasa ahora a la bañadera. Lo hace de un modo dificultoso, ya que advierto que su sombra se bambolea y se mueve con lentitud. Trata de no resbalar ("de la casa humana") Ahora Susana descubre por fin cuál es la dirección conveniente y comienza a caminar con dificultad, debido a sus dolores reumáticos. Aparece envuelta en la luz del atardecer: la misma luz gris que penetra ahora a través de las cortinas verdes y se condensa en mi batón gris y a mi alrededor, como una masa tenue que resplandece opaca y se adelanta y retrocede rígidamente adherida a mí mientras me hamaco en el sillón de Viena. Atraviesa las calles de la ciudad, pesada y compacta. Puedo escuchar el rumor inaudible de su desplazamiento. Las calles están llenas de gente, de coches y de colectivos. El rumor de la ciudad se mezcla, se unifica y después se eleva hacia el cielo gris, disipándose. ("el lugar de la casa humana" "cuál es el lugar de la casa humana" "cuál es el sitio de la casa humana") Ahora la escalera en la casa del médico está vacía. La vereda delante de la casa del médico está vacía. Susana extiende el brazo delante del colectivo número dieciséis, que se detiene con el motor en marcha. Susana sube dificultosamente. Alguien la ayuda. Susana siente ("como reconocemos por los") en la cara el calor que asciende desde el motor del colectivo. Se tambalea cuando el colectivo arranca. Le ceden el asiento y ella se sienta con dificultad, agarrándose del pasamanos, sacudiéndose a cada sacudida del colectivo, tambaleándose, resoplando, murmurando distraídamente "Gracias", sin saber exactamente a quién ("por los ramos") Estaba verdaderamente ("por los ramos" "de luz solar") hermosa esa tarde, alrededor de las cinco, cuando Leopoldo se levantó de un salto, volviéndose hacia mí con el traje de baño a la altura de las rodillas –la cosa, balanceándose pesadamente, apuntando hacia mí–, dejando ver al saltar las partes de Susana que no se habían tostado al sol. No era la blancura lisa y morbosa de Leopoldo, sino una blancura que deslumbraba. Pero no piensa en eso. No piensa en eso. No piensa en nada. Mira la ciudad gris –un gris ceniciento, pútrido– que se desplaza hacia atrás mientras el colectivo avanza hacia aquí. Leopoldo abre la ducha y comienza a enjabonarse. Todos sus movimientos son lentos, como si estuviera tratando de aprenderlos ("de luz solar la piel de la mañana") Como si estuviera tratando de aprenderlos y grabárselos. Se refriega con duros movimientos el pecho, los brazos, el vientre, y ahora sus dos manos se encuentran debajo del vientre y comienzan a refregar con minucia; eso es lo que me dice su sombra reflejándose sobre los vidrios esmerilados de la puerta del cuarto de baño. Mis huesos crujen como la madera del sillón, pulida y gastada por el tiempo, mientras me inclino hacia adelante y vuelvo hacia atrás, hamacándome lentamente, rodeada por la luz gris del atardecer que se condensa alrededor de mi cabeza como el resplandor de una llama ya muerta ("Y que por ese olor reconozcamos" "cuál es el sitio de la casa humana" "como reconocemos por los ramos" "de luz solar la piel de la mañana").

Envío

Sé que lo que mamá quiso decirme antes de morir era que odiaba la vida. Odiamos la vida porque no puede vivirse. Y queremos vivir porque sabemos que vamos a morir. Pero lo que tiene un núcleo sólido –piedra, o hueso, algo compacto y tejido apretadamente, que pueda pulirse y modificarse con un ritmo diferente al ritmo de lo que pertenece a la muerte– no puede morir. La voz que escuchamos sonar desde dentro es incomprensible, pero es la única voz, y no hay más que eso, excepción hecha de las caras vagamente conocidas, y de los soles y de los planetas. Me parece muy justo que mamá odiara la vida. Pero pienso que si quiso decírmelo antes de morirse no estaba tratando de hacerme una advertencia sino de pedirme una refutación.

Paramnesia

A Jorge Conti

No se ve cosa en el sol que no sea real.
(FRANCISCO DE QUEVEDO)

Más despacio todavía que en el crepúsculo del día anterior, el humo de la hoguera que acababa de encender ascendía disgregándose con compleja morosidad en el amanecer lento y sin viento, y el capitán olía el humo y el olor del fuego pero no las ráfagas de muerte que llegaban desde el patio cuadrado del real, así como escuchaba el rumor de la leña chisporroteante y no las voces, lamentos y maldiciones de los dos moribundos. Pero el crepúsculo del día anterior ya era un resplandor muerto, nítido y fantástico; su rígida imagen errabundeaba, entrando y saliendo, en la oscuridad de la mente del capitán, que permanecía aferrado a la proximidad material del fuego, tan inestable y cambiante que incluso cuando las locas llamas se reflejaban sobre el rostro y el cuerpo inmóvil del capitán acuchillado junto a ellas, mirándolas fijo, algo en la atmósfera indicaba que antes de que la luz del sol estuviese un poco alta las llamas habrían ya decrecido en forma completa y el fuego ya se habría apagado. Había hecho tanto calor que el capitán ya no lo sentía; de otro modo no habría desaprovechado la débil y algo irritante frescura del amanecer sentándose al lado del fuego. Aun cuando apenas si había dormido y no cabía por lo tanto transición entre un día y otro, podía percibir con claridad los cambios graduales de instante en instante y ver cómo todo se modificaba y desaparecía con que apenas algo hubiese cambiado. Bastaba un mínimo detalle, algo que otro no hubiese percibido. Y cuando recorría ese extraño desierto lleno de cadáveres, cuando venía desde la playa amarilla al grupo de semiderruidas construcciones de adobe y troncos bastos denominado el real o el fuerte (cuando de veras daba a simple vista una sensación tan grande de fragilidad) el capitán sentía que no había esfuerzo que estuviera a su alcance, por mucho que intentara ponerlo en práctica, para impedir el cambio: alguien moría de pronto –no quedaban más que dos, aparte de él–, la gangrena avanzaba y volvía negro un brazo que la tarde anterior había sido encarnado, caían lluvias que cambiaban el color de la arena y el de los árboles, el sol aparecía, llameaba cada vez más intenso hacia el mediodía, comenzaba a decrecer y al anochecer se borraba por fin del todo. El capitán estaba inmóvil, en cuclillas, mirando el fuego: sus enormes ojos negros brillaban, reflejando las llamas, y eran lo único discernible y nítido en medio de esa cabeza cubierta de barba negra y enmarañado pelo negro y una dura costra de barro seco adherida a la piel desde días atrás.

Había hojarasca en el suelo, en las inmediaciones del semicírculo de árboles que rodeaban el amplio claro cercano a la costa en cuyo centro se había levantado el real, pero no se trataba en este caso de la espontánea hojarasca natural de abril y mayo, dorada, sino de un polvoriento colchón de hojas grises y resecas calcinadas por los grandes calores de pleno febrero.

Cuando iba hacia los árboles para contemplar desde la sombra cómo caía el sol a pique sobre las toscas construcciones de techo redondo, rodeadas por la empalizada de troncos, podía sentir los crujidos y los estallidos de las hojas quebrándose bajo el peso de sus borceguíes. En el amanecer los árboles se ennegrecían y las hojas aparecían rodeadas por un nimbo luminoso, debido al efecto de contraluz. El capitán no lo veía; estaba fuera de la empalizada, cerca de la puerta, dando la espalda al fuerte y acuclillado por lo tanto en dirección al río, del que lo separaban la gran hoguera y un largo tramo de playa arenosa. Ahora el capitán creía recordar que al presionar sobre ellas con los borceguíes —con lo que quedaba de los borceguíes— las hojas crujían y estallaban. "Uno puede levantarse y caminar hacia allí", pensaba. "Puede caminar sobre las hojas y hacerlas crujir." No podía sacarse esa idea de la cabeza. "Y puede", pensaba, "levantarse y caminar, y ver desde allí, a la sombra, todo el fuerte. Cuando salga el sol voy hacia allí y miro en esta dirección para ver el real entero y la parte de playa que lo separa del río". Estuvo cerca de una hora inmóvil, pensando. Desde fuera daba la impresión de que ni respiraba; de vez en cuando, con intermitencia irregular, sus enormes ojos negros se abrían un poco más, fruncía trabajoso el entrecejo, y emitía unos suspiros profundos, prolongados, como respuestas respiratorias a las pálidas manchas fosforescentes que se encendían y se apagaban en el interior de su mente; tenía los codos apoyados en los muslos y se sostenía la cara con las manos, mirando el fuego; y al incorporarse al fin pensó que aunque no había dormido se había descuidado otra vez y ya el sol estaba muy alto, y de las llamas que había oído chisporrotear no quedaba más que una capa de ceniza que alcanzaba y sobraba para ocultar un diminuto rescoldo final. Cuando estuvo de pie notó que proyectaba una sombra larga, y que había estado sentado a la sombra de la empalizada, interferida de un modo regular por los rectos listones de luz que se colaban entre tronco y tronco. "Cuando me vuelva, mi sombra vendrá detrás", pensó el capitán. El quejido de uno de los moribundos llegó hasta él, brusco; en el débil sonido de la voz reconoció el timbre peculiar del fraile. El capitán entró en el fuerte y se detuvo, y su sombra detrás se detuvo: el fraile se hallaba a medio incorporarse, en el centro del patio cuadrado, rodeado de cadáveres, y estaba siendo contemplado por el soldado de barba roja que permanecía sentado en el suelo con la espalda apoyada contra el mojinete de una de las construcciones de adobe y que tenía las manos flojas depositadas sobre las rodillas. El capitán sacudió la cabeza y avanzó hacia el fraile, que hacía muecas y estaba tratando de erguirse; cerraba los ojos y volvía a abrirlos, como si le costara respirar. El capitán se acuclilló junto a él, sonriendo, contemplándolo.

–Tráeme agua, por el amor de Dios –dijo el fraile.
–No –dijo el capitán.
–Por el amor de Dios –dijo el fraile, con voz débil.
–Muérete –dijo el capitán–. Muérete, rufián.

Se paró otra vez y se dirigió hacia el soldado pelirrojo, que lo contemplaba desde la distancia.

–Y tú también –le gritó.

El soldado pareció no escucharlo. El capitán se

inclinó hacia él; sus pasos chasqueaban y resonaban sobre la tierra endurecida por el ir y venir de meses de los pasos de los que habían muerto. El capitán les prestó a sus propios pasos una cuidadosa atención y aminoró la marcha, para oírlos mejor; por un momento hasta se distrajo y se olvidó de la pregunta que acababa de formular dentro suyo y que pensaba dirigir al soldado. Cuando llegó a su lado se inclinó hacia él y vaciló. Después volvió a sonreír, lleno de falsa jovialidad.

–¿De dónde eres? –dijo.

–Se lo he dicho mil veces, capitán –dijo el soldado–. De Segovia.

–Mientes –dijo el capitán.

–Está endemoniado –dijo el soldado–. Está endemoniado o es usted el mismo diablo.

–Háblame de Segovia –dijo el capitán.

–Es usted el diablo mismo, capitán –dijo el soldado.

–Háblame de Madrid –dijo el capitán.

El soldado permaneció callado, mirando en dirección al fraile. Su barba roja y su pelo rojo estaban sucios y opacos, y tenía la piel llena de pecas y unas ojeras azuladas. Los ojos del capitán destellaron, sobre su barba enmarañada llena de salpicaduras de barro reseco. "Ahora me levantaré, saldré del fuerte y caminaré hacia los árboles", pensó.

–Muérete –murmuró, como para sí mismo.

Se irguió. El sol le daba de lleno en la cara. El cuerpo del capitán era breve y compacto y el hambre lo había reducido y como resecado pero no debilitado. Se paraba siempre con los brazos encogidos, como si a cada momento estuviera por apoyar las manos en las caderas; el sol lo obligó a dar unos parpadeos continuos y rápidos, que llenaron su expresión de un aire de perplejidad. Evocó el fuerte tal como se lo veía desde los árboles, como lo habrían visto los indios diez días antes al vigilar desde el monte esperando el momento de saltar sobre ellos y sacrificarlos como a tigres: la empalizada de troncos terminados en punta por encima de los cuales sobresalían los techos redondos de paja y más arriba todavía las copas de los árboles del lado opuesto del monte, que rodeaba en semicírculo la construcción; y a la derecha la suave pendiente de la playa arenosa declinando hacia el río. El capitán sacudió la cabeza, como despertando de una especie de sueño. Se dirigió otra vez al soldado.

–¿Conoces al rey? –dijo.

–El diablo vendrá y lo llevará, capitán –dijo el soldado. Hablaba con voz débil, sin siquiera mirarlo. En rigor de verdad, no miraba nada, y si daba la impresión de estar mirando al fraile era porque por la posición de la cabeza, apoyada con una rigidez morbosa en la pared de la construcción, sus ojos enfocaban justo esa dirección; pero la tiesa indiferencia con que parecía seguir los movimientos del fraile en sus débiles y como retardados intentos de incorporarse no hubiese sido mayor si hubiesen estado en planetas diferentes; el fraile estaba tan flaco que parecía una mancha oscura sobre el piso de tierra, la mancha de una materia viscosa refractaria a la absorción y capaz de unos mórbidos desplazamientos.

–Y los indios harán contigo una olla podrida –dijo el capitán, riéndose–. ¿Quieres agua?

–No, capitán –dijo el soldado–. Dele usted al padre, que le ha pedido. Dele usted agua al padre y le contaré del rey.

El capitán escrutó su rostro.

–Cuéntame primero –dijo.

–No –dijo el soldado.

Ahora el capitán no miraba al soldado de barba roja echado en el suelo, porque estaba de pie y tenía la cabeza erguida y no podía por lo tanto verlo, pero no mostraba tampoco el más mínimo interés en hacerlo: su mirada parecía rebotar contra la pared socarrada de un rancho a medio quemar cuyo techo de paja aparecía negro por el fuego y el humo y hundido y agujereado en el centro. El capitán parecía conocer de antemano las respuestas del soldado y daba la impresión de que formulaba las preguntas por el placer de oír las contestaciones una y otra vez.

–No –dijo–. Primero me cuentas.

El soldado pelirrojo se quedó callado; tenía alrededor de cincuenta años, pero las pecas y esa piel blancuzca sobre la que el fuego de la luz solar rebotaba le daban un aspecto de vacuo infantilismo; a primera vista se notaba sin embargo que el capitán podía haber sido su hijo. El capitán esperó. El sol le daba ahora de lleno en la cara y la débil frescura del amanecer se había esfumado o diluido en el calor creciente de la mañana, a medida que el sol subía en un cielo de un azul desteñido, sin una sola nube ni rastro de celaje en todo el horizonte visible; pero el aire no estaba seco, sino más bien pringoso y húmedo. En una hora más el sudor comenzaría a dejar unas estelas oscuras en las costras de barro seco adheridas a la cara del capitán. El capitán no hizo ningún gesto o lo hizo tan imperceptible que detrás de su barba ensortijada y sucia ni se notó. El barbirrojo siguió callado. Por fin el capitán echó una mirada a su alrededor, descubrió en el suelo, en dirección al fraile, un jarro todo abollado, fue hacia él y lo recogió. Pasó cerca del fraile sin siquiera mirarlo y salió del fuerte; su sombra lo precedía, deslizándose larga y rígida sobre el terreno arenoso. Los rotosos borceguíes del capitán se hundían en la arena obligándolo a dar largos y enérgicos pasos. "Ahora estoy yendo en dirección al río", pensó. No lo pensaba con nada parecido a palabras: lo asaltaba de golpe la sensación de estar yendo, nítida, la sensación de estar en un determinado momento adelantando una pierna y después otra, la sensación de estar hundiendo con alternación en la arena uno y otro pie, enfundados en los borceguíes deshechos. Se paró y se volvió, mirando las huellas profundas que iba dejando impresas en la arena; todo el espacio arenoso estaba lleno de esas huellas, impresas en todas direcciones, y entrecruzadas en un diagrama intrincado. Parecían pequeños cráteres abiertos en una superficie lunar. El capitán siguió caminando y llegó al río; a no ser por el casi imperceptible movimiento de la orilla, que dejaba entrever al retirarse una estrecha franja de arena húmeda y apretada, se hubiese dicho que el agua estaba inmóvil, sin correr en ninguna dirección, o que más bien no era agua; si la luz del sol no hubiese destellado con tanta intensidad en la superficie podía haberse confundido con una extensión lisa de tierra parda. El capitán se inclinó hacia el agua opaca y llenó el jarro, sin ni siquiera enjuagarlo. No se detuvo para hacerlo: se agachó al girar y de pasada nomás hundió el jarro abollado en el agua y lo sacó lleno siguiendo después en dirección al fuerte; el agua que se derramó al alzar el capitán otra vez el jarro destelló durante una fracción de segundo y cayó otra vez al río produciendo un sonido claro y violento. "Ahora estoy yendo otra vez al fuerte", pensó el capitán, seguido por su sombra. Cuando pisaba con demasiada fuerza su pie se hundía en la arena y eso lo hacía oscilar y trastabillar y entonces el agua saltaba del jarro demasiado lleno y las gotas que caían al suelo, absorbidas en el acto, dejaban unas manchas circulares sobre la arena. El capitán entró otra vez al fuerte y se agachó junto al fraile.

–Toma –le dijo, extendiéndole el jarro–. Toma y muérete.

–Déselo usted, capitán –gritó el soldado–. Déselo, que el padre no puede solo.

El capitán asió por los hombros al fraile y le dio de tomar. El agua caía por las comisuras de los labios y corría por la barba del fraile, manchándole el hábito rotoso. El capitán lo sostuvo sin cuidado pero también sin brutalidad y cuando vio que el fraile no sólo no había logrado tomar más que un sorbo, sino que ya estaba vomitándolo, arrojó el jarro a un costado y dejó al fraile echado en el suelo, bajo el sol. El capitán se aproximó al pelirrojo y se acuclilló frente a él, mirándolo.

–Habla –dijo.

El pelirrojo ni lo miró.

–Fue antes de la leva, que me trajo aquí –dijo–. Yo estaba en el campo, cerca del camino real, y vi venir una gran comitiva de coches y caballos. Traían

muchas banderas. Pensé que venía algún hombre muy principal, y me quedé a mirar. El primer coche iba custodiado por soldados que llevaban pica y banderas. –El soldado hizo silencio y miró al capitán.– ¿No va a enterrar a los muertos, capitán? Esto apesta.
Los ojos del capitán destellaron.
–Sigue –dijo.
El soldado dejó de mirarlo.
–Después que pasó el primer coche, el que iba detrás perdió una rueda –delante de mí– y volcó. Señores muy principales volaron por los aires y el cochero cayó a mis pies. Se santiguaba y lloraba. Los coches que venían últimos pararon y empezó a salir gente de ellos: capitanes y duques y validos, ya sabe usted, capitán. Los que habían salido volando empezaron a levantarse, socorridos por los demás. Y estaban todos hablando acalorados, limpiándose la ropa y arreglándosela, cuando la primera carroza se vuelve y para delante de todos. Baja un hombre, y detrás de él un obispo; todos echan la rodilla en tierra y yo también, por lo que Dios quisiere. El principal pregunta si no ha habido heridos de gravedad y al responderle todos que no dice el principal, acercándose al cochero, que temblaba de arriba a abajo: "Vuesa merced lo ha volcado tan bien, que parece que lo ha hecho ya muchas veces". Todos rieron, y yo también. Después el rey dijo a todos que siguieran viaje, que el mar esperaba, y se metió en la carroza y desapareció, junto con el obispo. Y el cochero me dijo que eran todos caballeros muy principales que iban a pertrechar las costas de España contra los moros. Después vino la leva y me trajo aquí. Escuche usted, capitán: ¿va

aunque más no fuere echar un poco de arena sobre esos muertos?

El capitán estaba escrutándolo, pero él parecía no advertirlo: había hablado con una inenarrable placidez, distracción, y como falta de esperanza. El capitán hizo un gesto de incredulidad y desprecio y se paró. Se alejó pensativo, dando largos pasos, y sacudiendo la cabeza. Salió del fuerte y se encaminó al bosquecito. No miró una sola vez para atrás. Ahora le pesaba hasta la sucia y rotosa camisa de holanda que llevaba entreabierta y dejaba ver su pecho lleno de vello negro. El sudor le hacía brillar la frente. Sus borceguíes se hundían en la arena, dejando huellas profundas. El capitán se detuvo y miró el río, volviéndose hacia él y quedando inmóvil. El río estaba tan inmóvil y liso que apenas si los reflejos y esa especie de polvo dorado y pálido que el sol depositaba y hacía girar sobre la superficie delataban su cauce. La orilla opuesta terminaba en barranca, no en playa; y como el río venía desde una curva pronunciada arriba y se perdía después en una curva pronunciada en la otra dirección, más parecía una superficie de agua encajonada en un dique estrecho que un verdadero río. Parecía no venir desde ninguna parte ni dirigirse a ninguna otra. Parecía no consistir más que en ese fragmento visible. Y volviéndose y continuando en dirección al bosquecito el capitán pensó que así parecía, que era probable que no hubiese origen ni continuación, que nada más que lo que estaba allí era real, y ninguna otra cosa. El capitán sacudió la cabeza y emitió una sonrisa seca. "El me ha contado del rey, y de Segovia y de Madrid", pensó. Entró en el bosquecito y sus rotosos borceguíes, de los que colgaban de a pedazos los largos cordones, comenzaron a pisar la hojarasca que cubría el suelo alrededor de los árboles. La luz se colaba a través de la fronda y los rayos se quebraban y caían oblicuos contra los troncos y las ramas. Las hojas resecas crujían y se quebraban. El bosquecito se extendía en abanico a partir de la primera hilera de árboles que rodeaban el espacio arenoso en cuyo centro estaba la construcción; estaba lleno de árboles ahogados por trepadoras y enredaderas que formaban bloques irregulares y macizos de vegetación; el capitán se detuvo y miró el interior del bosquecito: no se movía una sola hoja en esas grutas oscuras y apretadas. "Ahora me doy vuelta y miro el fuerte", pensó el capitán. Se dio vuelta y miró: ahí estaba la construcción, los techos de cuyas dependencias medio hundidos y quemados o socarrados, eran más altos que la empalizada de troncos terminados en punta que las rodeaban; el bosquecito trazaba un firme semicírculo alrededor; y desde el fuerte, más próximo al centro del semicírculo de árboles que al río, el amplio espacio de arena, amarillo y lleno de manchones blanquecinos, descendía en un declive muy suave, casi imperceptible, hasta confundirse con el agua. El capitán estuvo quieto, mirando sin parpadear el espacio extendido delante suyo. Después pasaron dos pájaros negros, volando en línea recta y con gran lentitud, muy altos, como aplastados contra la superficie azul del cielo. El capitán los siguió con la mirada hasta que desaparecieron. "Tienen que estar yendo a alguna parte", pensó. "Hay otro lado de donde han venido. Deben haber venido de algún otro lado." Pero no lo pensó con palabras: se trataba otra vez de esas manchas pequeñas que fosforescían encendiéndose y apagándose en el interior de su mente y que eran lentas y trabajosas para cuajar y dar luz pero rápidas en desaparecer. Cuando los pájaros se desvanecieron, el capitán alzó más la cabeza y miró el sol. El resplandor lo cegó y al alzar la cabeza pareció recibir una descarga de calor más intensa que lo hizo cerrar los ojos y mantenerlos apretados y bajar la cabeza con un movimiento brusco; su retina quedó llena de manchas destellantes. Estuvo así un momento y después abrió otra vez los ojos y caminó, pisando la hojarasca que estallaba y se hacía pedazos bajo el peso de su cuerpo. Las calzas del capitán le ceñían los muslos cuyos músculos estaban tensos y se movían con el desplazamiento. El capitán fue bordeando los árboles del montecito hasta quedar detrás de la construcción que llamaban el fuerte. A esa altura, la distancia entre la construcción y los árboles era menor. El capitán podía oler la carroña. El olor le llegó primero por ráfagas aunque no había viento, como si alguna compuerta se abriese en su olfato por momentos, para volver a cerrarse enseguida, hasta que el olor se coló del todo y se quedó adentro. Después se olvidó de él y siguió caminando. Recorrió todo el borde semicircular del bosquecito y después volvió al fuerte. El fraile estaba echado en el sol, en la misma posición en que había quedado cuando el capitán salió; su respiración apenas si lograba elevar su pecho. El soldado pelirrojo seguía sentado contra el mojinete del rancho. El capitán se acuclilló junto al fraile y se puso a mirarlo, entrecerrando los ojos; los del fraile estaban casi blancos, como si se le hubiesen borrado las pupilas; a esa distancia, el capitán notó que el ritmo respiratorio del fraile se había modificado, y no sabía si era que tardaba más en expeler el aire que en aspirarlo; el capitán apretó los dientes.

—Déjelo usted en la paz de Dios, capitán —gritó el pelirrojo desde la distancia, y su voz sonó débil.

—¿Quieres que te corte la cabeza? —dijo el capitán.

—Le besaría las manos si lo hiciese, capitán —dijo el pelirrojo.

El pelirrojo hablaba sin mirarlo; parecía contemplar algo que estaba por encima de la cabeza del capitán, detrás, en el aire, hacia el cielo; miraba con tanta fijeza que la sonrisa que había comenzado a emitir desapareció de un modo súbito de entre la barba del capitán y algo lo hizo hacer un movimiento brusco con la cabeza y elevarla y mirar también él en esa dirección; pero no vio nada, salvo el cielo vacío por encima de las construcciones semiderruidas.

—¿Tú también me contarás el cuento del rey y de Madrid? —dijo.

De los labios del fraile salió un murmullo pero el capitán no entendió nada.

—Habla más fuerte, si quieres que te oiga —dijo el capitán.

El fraile abrió la boca, pero no dijo una palabra; se quedó así, con la boca abierta, como si hubiese cedido la articulación de sus mandíbulas, y los ojos blancos y como recubiertos por una pátina de laca de los que parecían haberse borrado las pupilas. El capitán se inclinó todavía más hacia él, escrutándolo.

—A ver, cuéntame, ya que dices ser de Madrid; cuéntame, suelta la taravilla —dijo entre dientes, y con un tono muy resentido, el capitán–. Hazme el cuento de que hay un océano y que nosotros lo cruzamos con el adelantado y él nos mandó en expedición hasta aquí.

El capitán hablaba en voz baja y tensa, pero firme y clara. El fraile seguía inmóvil; parecía haber perdido el aire de fragilidad que había tenido una hora antes. Su cara estaba más dura y más prieta y su respiración casi no se notaba.

–Déjelo en paz, capitán –gritó el pelirrojo, con voz débil, pero el capitán no lo oyó–. Tiene usted el demonio en el cuerpo.

–Dime, dime, cuéntame. A ver, cuéntame –dijo el capitán–. Cuéntame de los indios y de las picas envenenadas. Hazme creer que todo eso es real. Hazme creer que no hemos estado siempre tú y yo y Judas en este lugar, rodeados de carroña y que hay algún otro lugar que no sea éste. –Se inclinó todavía más. Oscilaba, acuclillado.– Házmelo creer, puto y rufián –dijo.

Se paró, de una manera brusca, adoptando un aire entre suficiente y despectivo. Había una especie de mezcla de orgullo en él. El sol le hacía arder la cara y tenía la frente llena de gotitas de sudor. Se dirigió hacia el soldado pelirrojo y se sentó junto a él, con expresión amistosa. El soldado no se movió: tenía las piernas estiradas, y tan flacas, que sus botas de caña alta parecían vacías. Parecía no haber pies dentro del calzado rotoso.

–Judas –dijo el capitán, con voz afectuosa–. Te cortaré las orejas.

–Ellos se las cortarán a usted, capitán –dijo el soldado.

El capitán se echó a reír.

–Eres un viejo loco y de la raza de Judas, pero me gustas –dijo. Alzó la cabeza y trató de mirar el sol, pero no pudo–. El sol gira siempre, ¿ves? Pasa siempre por aquí, para que podamos ver bien que estamos aquí y en ninguna otra parte –dijo–. Y tú me hablas de un rey y de una ciudad que no existen. Mereces que te corte la lengua.

–Juraría que el señor cura ha muerto –dijo el soldado.

–Déjalo en paz –dijo el capitán.

–¿No va usted a darles cristiana sepultura? –dijo el soldado.

–Cállate –dijo el capitán.

No se miraban. El pelirrojo seguía con la vista fija en ese punto del cielo vacío, por encima de las construcciones, y el capitán recorría con atenta mirada el espacio del real: el suelo estaba endurecido por las pisadas humanas y sobre él se levantaban las construcciones de techo de paja y paredes de adobe que ahora aparecían semiderruidas y quemadas; los ranchos estaban construidos sin orden alguno, y no eran iguales entre sí, sino apenas parecidos; de los cinco, tres estaban destruidos del todo, con el techo hundido y agujereado y las paredes chamuscadas y rotas, y de los otros dos uno solo parecía intacto, porque el otro estaba manchado de un humo negro que al parecer había salido desde dentro por el hueco de la entrada. Los cadáveres estaban tirados en distintas posiciones, desfigurados por la podredumbre, y dos de ellos tenían clavada una lanza en el pecho. El cura estaba inmóvil, lejos de las construcciones y del resto de los cuerpos.

Parecía muerto. Más allá estaba la entrada del real y enseguida el espacio arenoso amplio y lleno de pisadas, y después el río. De un salto, el capitán, apoyó la espalda contra el mojinete del rancho, al lado del pelirrojo, quedando hombro con hombro con él pero mirando en dirección opuesta. Parecían estar esperando la llegada de algo, desde el cielo; sudaban.

–¿Quieres un poco de membrillo? –dijo el capitán.

–No –dijo el soldado.

–¿Quieres vino? –dijo el capitán.

El soldado pelirrojo no contestó.

–¿Crees que ha muerto? ¿Te has comido la lengua? –dijo el capitán–. Anda, ve, cuéntale al Santo Oficio que me he cagado en Dios y en sus muertos. Tómate una nave, cruza el océano y ve a tu Madrid y cuéntale. Anda, ve; que tu Madrid es más real que esto.

El capitán se volvió hacia el soldado, que tenía los ojos muy abiertos.

–¿Te hace sufrir el sol? –dijo–. Ya se irá.

Los ojos empezaron a arderle y se los refregó con los nudillos. Al bajar los puños, sus ojos estaban enrojecidos y llorosos. Los abrió y los cerró y después parpadeó varias veces con rapidez como si estuviese tratando de comprobar lo frágil que era la constancia de lo que estaba viendo. Pero todo seguía ahí, nítido; el capitán alzó la mano y tanteó con la yema de los dedos la pared en la que estaba apoyado. Al bajarla, pensó que el contacto no era más que recuerdo y que si volvía a pasar la mano por la pared el contacto sería parecido al primero, pero otro; del otro no quedaba más que la memoria, que era igual a nada. Pero la memoria, no el recuerdo. Recuerdo tenía uno solo, que volvía, y era el recuerdo de no sabía qué; un recuerdo que no tenía la fuerza suficiente como para traer consigo lo que recordaba y que estaba como entreverado y diseminado entre los árboles y la hojarasca del montecito. El capitán cerró los ojos y el ritmo de su respiración cambió, haciéndose más tranquilo. Podía sentir chocar la luz del sol contra su cara y erizarse y como estridar con fuerza inaudible su barba y sus poros cubiertos por el barro reseco y estuvo atento a eso y a la luz cuyos destellos se colaban incluso a través de sus párpados apretados y errabundeaban dentro, hasta que se llenó de oscuridad y se quedó dormido. Se despertó casi en el acto y se paró, de un salto, llevándose la mano al talabarte vacío. El pelirrojo lo miraba ahora por primera vez, con perplejidad. La voz del capitán sonó ronca.

—¿Has oído algo? —dijo.

—El demonio se ha reído de usted en el infierno y usted lo ha oído, capitán —dijo el soldado.

—Cállate —dijo el capitán.

—Ha oído la risa del demonio y se ha despertado —dijo el pelirrojo.

Ya no lo miraba. Tenía puestos otra vez los ojos en el punto preciso en que los había tenido puestos toda la mañana y ahora su barba roja brillaba de vez en cuando en el sol que parecía haberla estado cociendo y recociendo hasta darle ese color. El capitán dio varios pasos en distintas direcciones y pareció no sólo reconocer el lugar y sus inmediaciones sino también oler el aire y ver el sol y el cielo y comprobar con una ojeada que todo seguía bien y en su sitio. Se acercó al fraile y se inclinó hacia él; parecía muerto, pero estaba vivo todavía porque respiraba apenas y podía verse algo en sus ojos –y no se trataba de brillo– que no había terminado de morir. Todo en él estaba muerto, salvo eso en los ojos y la débil respiración. El capitán se irguió y habló con el soldado.

–Está esperándote –dijo sacudiendo la cabeza hacia el fraile y hablando con jovialidad–. Me ha dicho que no lo dejan entrar en el infierno si no vas tú con él.

Tenía la camisa empapada en sudor y se la sacó a tirones, haciéndola pedazos. También la piel de su pecho y de sus brazos estaba chamuscada, pero del sol. Con un pedazo de la camisa que después tiró al suelo se secó la cara y el cuello. El pedazo de tela cayó sobre la pierna del fraile: el capitán ni lo miró; salió otra vez del real, sacudiendo la cabeza y riéndose; cuando estuvo afuera se agachó y recogió un puñado de arena –estaba caliente; no lo esperaba y el contacto con la arena fue enseguida memoria cuando lo arrojó– y después lo arrojó al aire. Por un momento la luz se nubló y restalló en contraste con el millón de partículas que volaron y cayeron, interfiriendo su monótona intensidad. El capitán se sacudió la mano contra los rotosos calzones; fue en dirección al río y entró en el agua sin detenerse ni vacilar. Sintió cómo el agua lo empapaba cada vez más –primero los pies, las pantorrillas, las rodillas, los muslos– a medida que avanzaba en el río. Antes de que el agua le llegara a la cintura se detuvo y alzó los brazos, sintiendo el agua fría ceñida a su cuerpo y comprobando cómo al menor movimiento la sensación helada parecía renovarse y volverse más aguda. Después se zambulló, elevándose en el aire y arqueándose en su breve vuelo para caer dentro del agua con enorme estruendo y conmoción de la superficie y sumergirse. Anduvo un tiempo bajo el agua, cegado e incapaz de pensar, conteniendo la respiración y moviéndose en el líquido ciego entre tumultos de barro rojo y convulsiones acuáticas que producían un rumor continuo y apagado y le hicieron perder la vista y la dirección. Salió a la superficie sacudiendo la cabeza, y dando la cara a la playa arenosa y al real y no a las islas de la otra orilla como esperaba. Tenía el pelo pegado al cráneo y los pelos de la barba que chorreaba agua convergían, brillantes y alisados, hacia un vértice agudo que se le formaba bajo el mentón. Después nadó al azar, en una y otra dirección, lanzándose como a la carrera en un sentido y produciendo un giro brusco a las dos o tres brazadas para volver en la dirección opuesta o bien cambiando de posición y estilo, llenando el aire de estruendo y salpicaduras que brillaban y se transparentaban en la luz del sol. Cuando salió del agua, con lentos y trabajosos pasos, se dejó caer en la arena y cerró los ojos, dejando que el sol lo secara. Quedó tendido boca arriba, con los ojos cerrados. En sus oídos perduraba una especie de eco del estruendo que su cuerpo había producido al chocar con el agua y agitarse y moverse en ella, y el capitán puso el antebrazo derecho debajo de la cabeza para apoyarla sobre él y descansar más cómodo. Sentía el contraste de su cuerpo enfriado por el agua y la arena caliente; su corazón palpitaba y el peso de la cabeza sobre el antebrazo derecho le dió por un momento la sensación de que su brazo derecho era algo diferente del izquierdo, que eran dos miembros que no se correspondían uno con el otro;

dejó estirada la pierna izquierda y recogió la derecha, apoyando la planta del pie y flexionando la rodilla. En esa posición y con los párpados bien apretados tuvo por un momento la ilusión de que sus miembros dejarían de obedecerle si él decidía por ejemplo levantarse y caminar hacia el bosquecito alzando por ejemplo los brazos o cruzándolos o metiendo las manos entre la cintura y el talabarte y la piel, contra las caderas. Después estiró la pierna y retiró el brazo dejando que su cabeza descansara contra la arena y estiró el brazo derecho hasta dejarlo en posición idéntica al izquierdo, separado del cuerpo en un ángulo de sesenta grados y con la palma hacia arriba, y quedó inmóvil. Le pareció como si se percibiera el agua evaporarse y su piel calentarse y tostarse en la luz solar, con un estridor sordo y casi inaudible semejante al que le había parecido oír en la lenta distensión de sus poros y de sus esfínteres. No se durmió de golpe, sino de a poco, y ni siquiera se durmió del todo. Más bien era sentir y ver en completo silencio, en la zona de errabundeo de su mente, escasa en relación con la zona negra, fluctuar y después desaparecer las piedras de las ciudades ya muertas volviendo en procesión y las caras desvanecidas reaparecer por un momento y disolverse de pronto en humo amarillo, sin la constancia necesaria como para probar su antigua realidad. Después aparecía el cielo vacío. Durante unos minutos, el capitán vivió su marasmo con dura tranquilidad, hasta que abrió los ojos y se paró, desperezándose. "Ahora me vuelvo y voy en dirección al bosquecito para sentir otra vez el recuerdo de haber estado en él antes de haber entrado nunca", pensó. Avanzó con pasos largos pero lentos viendo crecer o venir hacia sí la hilera de árboles bajos manchados de polvo detrás de los cuales el bosquecito se agolpaba enmarañándose y retorciéndose en un tumulto inmóvil de enredaderas y lianas. El recuerdo llegó enseguida, apenas pisó la hojarasca gris que los borceguíes hacían crujir y estallar, pero de nuevo, como la primera vez, venía solo, sin lo que recordaba, como si existiese nada más que la posibilidad del recuerdo y después ninguna cosa real a qué aplicarlo. El capitán se paseó con los brazos cruzados sobre el pecho desnudo, entre el rumor de las hojas, y recorrió toda la hilera semicircular de árboles, pasando por el punto en que los árboles se aproximaban al real y alejándose de él a medida que se acercaba al extremo opuesto del bosquecito; después volvió al sitio del que había partido y se apoyó en un árbol, mirando el espacio que se extendía delante: la sección opuesta del bosquecito, el real, con la empalizada de troncos terminados en punta y las construcciones de adobe y paja semidestruidas, y el terreno arenoso inclinado hacia el río; encima estaban el sol alto y lleno de destellos y el cielo azul y vacío. El capitán tenía la cara lavada y socarrada y el pelo y la barba estaban secándosele y volvían a encresparse. Sus ojos negros tenían una expresión atenta y estaban como entrecerrados, escrutando el espacio. Al fin sacudió la cabeza, emitiendo una risa rápida, y avanzó hacia el fuerte, seguido por una sombra brevísima.

Al entrar al real fue en dirección al fraile y se inclinó sobre él, acuclillándose. Estaba muerto. El capitán miró la cara muerta con vacua curiosidad, los ojos muertos, ciegos y blancos, opacos, como si fuesen de piedra. Una mosca rondaba la boca. El capitán no la espantó: la observó revolotear y zumbar y después asentarse en la comisura, y después volver a levantar vuelo y zumbar y después volver a asentarse. Estaba por maldecir al fraile cuando presintió algo y levantó de golpe la cabeza y vio que el pelirrojo había desaparecido. Se paró con un salto tranquilo y miró a su alrededor: no vio más que los cadáveres y las construcciones, en pleno silencio. El capitán llamó en voz alta.

–Judas –dijo–. Judas.

Su voz sonó extraña, lenta y ronca en el aire vacío. Dio dos pasos, pasando por encima del fraile, y se volvió a detener.

–Judas –dijo, y dirigió la mirada hacia la construcción intacta–. Sal de una vez. Sé dónde estás. Sal arrastrándote porque eres una serpiente colorada y te haré pedazos cuando te agarre.

El capitán avanzó en el pleno silencio hacia la construcción intacta sorteando los cadáveres o pasando por encima de ellos. Su cara lavada había vuelto a sudar y estaba húmeda, pero el capitán llevaba los dientes apretados y sin embargo sus ojos parecían reírse.

–Sal y no hagas que me ponga furioso –dijo, mientras avanzaba–. Te daré membrillo y vino y seré bueno contigo aunque Judas haya preñado a tu putísima madre. Eres un rufián pero no te haré nada porque te has vuelto loco y tienes miedo.

El capitán avanzaba hacia la construcción intacta, cuyas ásperas paredes de adobe refractaban la luz solar. El hueco de la abertura era un rectángulo negro, vertical.

–Ven y cuéntame esos cuentos que has inventado, pedo de Satanás. Ven o encomiéndate a Dios y santíguate. –El capitán reía al decir esto, avanzando.

Cuando llegó a la construcción se detuvo y se apoyó contra el borde de la abertura. Al principio no vio nada, salvo la oscuridad del recinto. Después su ceguera momentánea se disipó –estuvo parpadeando durante un momento– y vio al pelirrojo sentado sobre un arcón, las piernas que parecían inexistentes colgando, la espalda apoyada contra la pared y el arcabuz entre los brazos, apuntando a la cabeza del capitán.

–Tiene usted que darles cristiana sepultura, capitán –dijo el soldado.

El capitán se rió a carcajadas. Cuando su risa paró, miró al soldado.

–Te la daré a ti, después que te haga pedazos –dijo.

–Vaya y deles cristiana sepultura y el demonio le dejará –dijo el soldado.

Su voz era plácida. El capitán fijó en él una mirada rencorosa.

–Cuéntame soplón –murmuró–. Cuéntame del rey y de Madrid. Cuéntame que yo te creeré.

–Agarre usted la azada que está en el patio y comience a cavar y ese demonio le dejará, capitán –dijo el soldado–. Vaya y yo estaré aquí oyendo los golpes.

El capitán dio un paso y se detuvo.

–Apártate –dijo.

–Si da usted otro paso, hago fuego, capitán –dijo el soldado.

—Déjame sacar el membrillo del arcón y te daré un pedazo –dijo el capitán.

Ahora veía con claridad en el interior del recinto. El soldado estaba atento y lo miraba.

—Vaya usted a darles sepultura –dijo.

El capitán se acarició la barba, sacudiendo la cabeza.

—Diablo colorado –dijo, mientras avanzaba.

Su voz fue tapada por la explosión.

Barro cocido

Me acuerdo bien que fue el año de la seca, el sesenta y uno. Los primeros tres días no vimos más que la camioneta amarilla recalentándose al sol en el claro arenoso que hay entre el motel de Giménez y la cinta azul del asfalto. El que más tenía de nosotros era un caballo o una motocicleta y ver esa Chevrolet flamante requemarse al sol seco de enero nos daba al mismo tiempo lástima y una mezcla de respeto y admiración, máxime que un poco más allá del terreno del motel había un círculo de paraísos donde podía haberla dejado para que la defendiera la sombra. Daba la impresión de que hacía con los coches lo mismo que otras personas con los fósforos, que los usan una sola vez y después los tiran. Al cuarto día vino el chico que hace la limpieza en el motel con una lista escrita a lápiz y un billete de cinco mil pesos y tuvo que hacer dos viajes para llevar todas las cosas: botellas de vino y cerveza, yerba, salamines y queso, masitas de agua y un montón de caramelos. El chico le dijo a Focchi que eran para "el de la camioneta", que estaba viviendo en el motel con una mujer embarazada y que tenía una pistola.

Al sexto día lo vimos, desde el patio del almacén. Parecía haber salido a tomar el fresco de la tardecita, porque caminaba despacio como para estirar las piernas y miraba todo con una lenta curiosidad, las manos en los bolsillos del pantalón, en mangas de camisa, la cabeza levantada como si hubiera estado respirando hondo, y el cuerpo encogido del hombre que ha estado mucho tiempo en la cama o encerrado. Lo vimos mirar un árbol, seguir con la vista el paso fugaz de un coche por el asfalto hasta que desapareció en dirección a la ciudad, y después inclinarse y palpar dos o tres veces una de las cubiertas traseras de la camioneta. Después atravesó otra vez el hueco del portón del motel y desapareció. Fue Focchi el que vino hasta nuestra mesa y dijo que le había parecido que era el pibe de Blanco, del que sabíamos que había sido como nosotros hasta que una noche se jugó al nueve en un bar de La Guardia una plata que el viejo Blanco había cobrado ese mismo día por un campo de alverjas, y desapareció sin dejar rastro antes de que el viejo lo agarrara. Nadie se había atrevido jamás a hablar del asunto delante del viejo, que caía dos por tres al almacén a tomar un amargo dejando la chata en la puerta, sin cruzar una palabra con nadie.

Le hubiéramos prestado más atención desde el principio, de no haber sido el año de la seca. Pero esos días le pagábamos vinos al sordo Sebastián Salas para que nos contara de secas peores que él había visto y tener la seguridad de que esas calamidades ocurrían de tanto en tanto sin que esta perra vida se acabara. El sordo era tan viejo que mi finado padre me sabía contar que cuando él era chico Sebastián Salas ya era viejo, y mi padre murió en el cincuenta y nueve de sesenta y dos años. Sebastián se daba cuenta de nuestro miedo y se aprovechaba de él contándonos historias de sequías que habían durado años y que habían borrado todos los ríos y hecho morir todos los animales y muchos hombres, pero cuando adivinaba en nuestra mirada la pregunta de si esta seca se le parecía, Sebastián hacía un gesto con su boca fina y rodeada de arrugas, y no le sacábamos una palabra más ni con tirabuzón. Entonces le pagábamos más vino. Lo tomaba siempre de parado, sin volcar una gota y vaciando la copa de un único y largo trago. Nosotros lo mirábamos con una furia secreta mezclada al asombro y al miedo porque sabíamos que era tan viejo y estaba tan solo que no había mal en el mundo que pudiera ni siquiera rozarlo. Dejando el vaso vacío sobre la mesa sucia del patio, Sebastián simulaba estar ahí de casualidad, y que entre las historias que contaba y el vaso de vino que le pagábamos no había ninguna relación, porque nosotros estábamos tan asustados viendo esos mediodías blancos y cegadores y esos cielos verdes de la tardecita que no nos atrevíamos a confesarlo. Cada vez que pasaba un caballo al galope por el camino que va del asfalto a la costa se levantaba una polvadera amarilla que nos dejaba como ciegos y el olor de los animales muertos llenaba el aire. Casi que no se podía respirar. Que yo sepa, el sordo Sebastián nunca tomó tanto vino gratis como ese año, y eso que parece que no ha hecho otra cosa en toda su perra vida.

Pero ahí seguía esa camioneta amarilla, y desde el patio del almacén la veíamos. A la mujer la vimos recién como a la semana: era flaca y rubia y se veía fácil que el parto era cuestión de días, de semanas a lo sumo. Tenía un vestido suelto estampado de flores rojas y verdes que se abultaba en el vientre. Salió con él a la otra tarde para dar la vueltita por el terreno en el que estaba la camioneta y entre los dos hicieron exactamente lo mismo que él había hecho solo la tarde antes: miraron un árbol, se fijaron en un coche que pasó rápidamente en dirección a la ciudad hasta que se perdió de vista, se inclinaron ante las ruedas traseras de la camioneta. Iban del brazo, caminando tan despacio que parecían estar paseando no delante de un motel sino de un hospital, como dos convalecientes apoyados uno en el brazo del otro para ayudarse mutuamente a soportar la respectiva debilidad. Fue justo en el momento en que atravesaron el portón del motel y desaparecieron de nuestra vista que la chata del viejo Blanco llegó desde la costa levantando un polvo amarillo y se detuvo delante del almacén. El viejo ató las riendas en uno de los travesaños de la chata y entró en el almacén saludando serio al pasar delante de la mesa del patio. Al rato salió con su copa de amargo en la mano y se quedó parado cerca de la puerta, tomando cortos tragos, sin hablar, magro y quemado por el sol, el sombrero de paja ligeramente alzado y la mirada fija en los dos pesados caballos atados a la chata. Focchi salió detrás de él y se acercó a nuestra mesa, sin decir palabra y sin dejar de mirar hacia el portón del motel delante del cual no había más que la camioneta amarilla abandonada ahí desde hacía una semana, la caja cubierta por una lona. Después el viejo entró otra vez al almacén, seguido por Focchi, cargó unas mercaderías en la chata, volviendo a saludar seriamente subió a la chata y dando la vuelta se alejó hacia la costa. Todavía flotaba en el aire la polvadera amarilla que levantó la chata, cuando vimos salir la figura alta y gruesa del portón del motel, y encaminarse hacia nosotros; estábamos seguros ya de quién era, aunque algunos de nosotros no lo habíamos visto nunca y otros hubiesen sido incapaces de distinguirlo a esa distancia, y aunque sabíamos también que se había tratado de una casualidad, todos tuvimos la impresión de que había estado esperando que el viejo Blanco se alejara con la chata, tan inmediata fue su reaparición. Ahora se había puesto un saco oscuro que le quedaba ajustado. Cuando cruzó el camino, bajando el terraplén, y entró en el patio del almacén en el que nosotros estábamos sentados tomando cerveza, lo vimos bien y por el modo como entró nos dimos cuenta de que ya había estado ahí muchas veces. Ni siquiera miró la cancha de bochas y saludó al pasar con acento aporteñado pero era parecido a cualquiera de nosotros por esa piel oscura y el modo de caminar, algo doblado hacia la tierra por el peso de los grandes calores. Focchi estaba en el patio con nosotros, y por la mirada que se echaron nos dimos cuenta de que se habían reconocido enseguida y que entendieron los dos al mismo tiempo que había que hacer la vista gorda. A él se le notaba un bulto en la cintura, en el costado derecho. Entró en el almacén y Focchi lo siguió para atenderlo. Yo me levanté y me fui para adentro, porque dio la casualidad de que estaba quedando poca cerveza, y había que pedir una botella. El acababa de pedir una naranja Crush y una cerveza y las mezclaba en un vaso. Del otro lado del mostrador Focchi lo contemplaba apoyado contra la estantería. No cruzaban una palabra. Focchi me preguntó entonces qué era lo que quería y cuando le dije una cerveza me preguntó quién la pagaba. "Yo", le dije. "Sí", dijo Focchi. "Sí. Vos. Pero cuándo." Entonces yo le dije que me esperara hasta el sábado porque el sábado me iban a pagar unos trabajos que me estaban debiendo, y entonces iba a poder pagarle. "¿Qué trabajo vas a cobrar –dijo Focchi– si nunca trabajaste?" El de la camioneta amarilla se puso a reír y Focchi también. "Usted está arreglado si le da crédito a estos muchachos", dijo Focchi. El de la camioneta amarilla se seguía riendo. "Deles a cuenta mía", dijo, sacando un montón de billetes del bolsillo.

Se quedó con nosotros hasta bien entrada la noche, tomando naranja Crush mezclada con cerveza. Se sentó en la mesa del patio, debajo de los árboles, y habló todo el tiempo él, como si hubiese salido, no a tomar una copa, sino simplemente a hablar. Antes de que oscureciera del todo vimos pasar al sordo Sebastián caminando lentamente por el camino pero no lo llamamos y el sordo merodeó el almacén largo rato hasta que por fin se acercó y se apoyó contra el tronco de un árbol y se quedó mirándonos, metido en ese saco de lana demasiado grande para su cuerpo consumido y rotoso. Por fin el de la camioneta amarilla lo vio y ordenó a Focchi que le sirviera vino y el sordo fue tomando vaso tras vaso, apoyado en el árbol, sin acercarse demasiado a nosotros, como si no estuviese del todo a gusto. El de la camioneta amarilla hablaba de tal manera que parecía querer darnos a entender que era como nosotros y que conocía todo lo que cualquiera de nosotros debe conocer, pero que por alguna razón estaba obligado a no decir quién era. Habló de dorados y de moncholos, de alverjales, de grandes calores, de inundaciones que borran ranchos y caminos. Nosotros lo escuchábamos y de vez en cuando le mirábamos el bulto que se le notaba bajo el saco en la cintura, en el costado derecho. Bien entrada la noche se levantó y se fue, dejando un perfume de cigarrillos importados en el aire del patio y media docena de cervezas pagas para que las tomáramos cuando él ya no estuviese.

Después nos acostumbramos a él, como nos habíamos acostumbrado primero a la camioneta amarilla que refulgía de mañana cerca del portón del motel, y como hubiésemos querido acostumbrarnos a la seca, que dejaba un reguero de animales muertos cuyo olor a muerte impregnaba el aire y un hilo de tierra lisa, gris y llena de grietas, en el lugar en el que antes había estado el río. Ahora venía directamente al almacén cuando salía del motel, siempre con el saco puesto, ajustado al cuerpo, con ese bulto visible en el costado derecho. Se sentaba a la mesa junto con nosotros y se ponía a contar historias de oficiales de gendarmería, historias que habían sucedido en la frontera con el Uruguay, y en las que, por el modo como las contaba, se veía que él mismo había intervenido. Nosotros escuchábamos todo el tiempo sin hablar, tomando cerveza a su costilla, preguntándonos qué pasos había dado por el mundo desde la noche en que se jugó la plata del alverjal en La Guardia, qué clase extraña de pasos había dado que lo habían traído otra vez al punto de partida, como si hubiese estado moviéndose en círculo y sin avanzar. También nos preguntábamos cuándo se encontraría por fin con el viejo Blanco, si es que era que tenía que encontrarse, ya que por lo menos tres o cuatro veces en una semana, él se había levantado y se había ido un minuto antes de que la chata del viejo Blanco se detuviera delante del almacén, y un par de veces había llegado antes de que la polvadera amarilla que levantaban los pesados caballos y que nos dejaba como ciegos, hubiese terminado de evaporarse.

También hubo un asado. A la mañana vino y nos dejó la plata a Focchi y a mí para que compráramos las cosas. Focchi mismo lo preparó, encendiendo el fuego al atardecer. Cerró el almacén más temprano y fue asando la carne lentamente, tomando largos tragos de vino cada vez que se alejaba de la parrilla. Desde que anocheció estuvimos conversando y tomando vino bajo los árboles apenas iluminados por una lamparita, envueltos en una nube enloquecedora de mosquitos y oyendo el estallido de los cascarudos que chocaban enceguecidos contra la pared de ladrillos donde estaba la lámpara. El tomó vino sin parar durante toda la noche y a medianoche su alto cuerpo enfundado en el saco oscuro (el bulto en la cintura, en el lado derecho) oscilaba ligeramente. Cuando se le terminaron los importados empezó a fumar nuestros "Colmena", y su voz aporteñada fue haciéndose rápida y chillona como la nuestra, aunque entorpecida por el alcohol. Dijo que él conocía a una familia de la zona, la familia Blanco. Que había sabido andar mucho por estos lugares en otros tiempos, dijo. Después dejó de hablar y de reírse, y oímos silbar su respiración. Oscilaba cada vez más peligrosamente, y se paseaba con la frente fruncida, los ojos entrecerrados, y la boca abierta. "Gano lo que quiero, qué joder. No soy un seco", dijo de pronto. Nosotros lo escuchábamos en silencio, pero para él era como si no estuviéramos. "No tengo deudas. No le debo nada a nadie. ¿Qué se habrá creído? Como si yo no... Qué joder." Se fue moviendo la cabeza, oscilando, murmurando como para sí mismo. Lo vimos desaparecer del área de luz del almacén y perderse en la noche, y después oímos el golpeteo de sus zapatos sobre el asfalto, invisible en la oscuridad.

Al otro día no lo vimos de mañana. Vimos, eso sí, como siempre, la camioneta amarilla y el portón vacío del motel, y el círculo de paraísos inmóviles el verde de cuyas hojas parecía opaco y sucio de polvo. Al mediodía nos fuimos a nuestras casas, diseminadas a lo largo del camino o en el campo hacia la costa, y volvimos al almacén a la media tarde, después de la siesta. El olor a muerte nos ahogaba y teníamos mucho miedo. No podíamos estar solos. Ya ni siquiera las historias del sordo Sebastián nos servían, porque si bien había habido muchas sequías en el pasado, no eran *ésta*: esta sequía no había ocurrido jamás, y no había ninguna razón para que terminara en vez de ir empeorando. Así como no había habido ninguna razón para que las otras sequías terminaran con lluvia, ni había habido ninguna razón para que la sequía simplemente comenzara, no había ninguna razón que impidiera que esta sequía continuara indefinidamente, se extendiera cada vez más, y acabara con todos nosotros. Todos pensábamos de esa manera, aunque no lo decíamos. Por eso nos sentábamos todas las tardes en el patio del almacén a tomar cerveza en silencio, bajo los árboles. Pero para el viejo Blanco no parecía haber sequía, ni ninguna otra cosa. Esa fue la impresión que nos dio cuando lo vimos bajar de la chata con ese aire agitado y febril que tienen los hombres cuando vuelven del trabajo. Nos saludó con seriedad y entró en el almacén. Llevaba una vara en la mano. Tenía unos sucios pantalones descoloridos y una sucia camisa gris, y cuando se sacó el sombrero para rascarse la cabeza canosa vimos la línea blanca en la frente que separaba la parte oscura de la cara quemada por el sol de la que protegía el sombrero. Casi en el mismo momento en que el viejo entraba en el almacén, vimos emerger de la puerta del motel el alto cuerpo enfundado en el traje oscuro avanzando lentamente en dirección a nosotros. Se detuvo un momento a esperar el paso rápido y ruidoso de un gran ómnibus rojo y amarillo que hizo temblar la tierra, y cruzó el camino. Sonreía al acercarse. Instintivamente miramos el bulto que llevaba en el costado derecho, a la altura de la cintura. Estaba limpio y afeitado y parecía haber dormido desde la noche anterior hasta un momento antes. Pasó junto a la chata sin verla. Se detuvo junto a nosotros y nos saludó, sin dejar de sonreír. Estaba arrimando una silla para sentarse en la rueda con nosotros, dando la espalda a la puerta del almacén, cuando adivinó algo en nuestra mirada y se dio vuelta, justo para ver al viejo Blanco en el momento en que salía del almacén con paso lento, reflexivo, con la copa de amargo en una mano y la vara en la otra. El viejo primero no lo reconoció, o no lo miró: fue comprendiendo despacio, palpando la cosa con cautela, efectuando un complicado rito de verificación, como si ciertos contactos de su cerebro, enmohecidos por la falta de uso, hubiesen necesitado un determinado tiempo para comenzar a funcionar con regularidad. Se quedaron tan quietos que no parecían ni respirar: el cuerpo del viejo, en la puerta del almacén, dirigido no hacia el de la camioneta, que se hallaba a un costado, sino más bien hacia la chata con los dos caballos inmóviles, detenida enfrente suyo a una distancia de cinco metros; el viejo volvía al de la camioneta solamente la cabeza. Y el de la camioneta, con la boca abierta en una semisonrisa, tenía todavía la mano izquierda apoyada en el respaldar de la silla. Después todo fue tan rápido que apenas si se puede contar: el viejo salió de su inmovilidad saltando hacia adelante con la vara en alto y empezó a golpear al de la camioneta furiosamente. Al principio, el de la camioneta se limitó a encogerse, recibiendo los primeros golpes en el cuerpo y en la cara. Nosotros nos levantamos en medio de un estrépito de sillas caídas, mirando alternativamente al viejo, que hacía subir y bajar la vara cimbreante con los ojos cerrados y al bulto que el de la camioneta llevaba en el costado derecho. Focchi salió corriendo del almacén y se paró en la puerta. No se oía más que el silbido cimbreante de la vara y el ruido seco de los golpes contra el cuerpo del de la camioneta, pero cuando el de la camioneta cayó al suelo y empezó a sangrar empezamos a oír también la respiración enfurecida del viejo y el jadeo del de la camioneta que empezó a arrastrarse por el suelo hasta que lo detuvo la pared de ladrillos. Le saltaron las lágrimas. El viejo siguió golpeando hasta que vio que el otro dejaba de moverse. Cuando detuvo la vara vimos que no había dejado en ningún momento de apretar el vaso de amargo y que lo había quebrado con la mano, de la que salía un chorro de sangre. El viejo dejó la vara, se inclinó hacia el otro, y comenzó a registrarlo, hasta que encontró un montón de billetes en el bolsillo del pantalón; separó dos o tres, los contó, volvió a contarlos, y dejando el resto de los billetes diseminados por el suelo se guardó los que había separado. Después subió a la chata, dio la vuelta y se alejó hacia la costa, levantando una polvadera amarilla que nos dejó como ciegos.

El de la camioneta fue incorporándose lentamente, pegado a la pared. Nosotros lo contemplábamos sin movernos. Estaba oscureciendo, y después que recogió los billetes y se sacudió torpemente la ropa, se alejó hacia el motel sin saludar, cruzándose en el camino con el sordo Sebastián, que bajaba hacia el almacén y que ni siquiera lo miró. Lo vimos alejarse oscilando como la noche antes, la ropa manchada de polvo y el brazo izquierdo colgando como sin vida. Después atravesó el portón del motel y no lo vimos más. No quiero decir por ese día, sino nunca más. Al otro día la camioneta amarilla había desaparecido. No quedaban más que el portón vacío del motel, el círculo de paraísos, el sol seco de enero. Y en medio de las turbias historias de Sebastián sobre otras inundaciones y sequías, nos quedaban también nuestro silencio, nuestra soledad y nuestro miedo.

Fotofobia

A Marilyn Contardi

Vejo tudo impossivel e nítido, no espaço
(CARLOS DRUMMOND DE ANDRADE)

La frescura del sótano era como un núcleo de sombra presolar, y tenía un olor denso, mezclado, lleno de estímulos que le sirvieron para recordar olores antiguos, tan vagamente que le resultó imposible determinar de qué clase eran. Estuvo un momento indecisa en la cima de la escalera, porque todavía se sentía débil. Aspiró con fuerza, no porque le agradara, sino porque imaginó que dejándose anegar por ese olor lleno de ecos podría comprenderlo mejor. No pasó nada, salvo las vagas reminiscencias de cosas conocidas a medias que la desconcertaron todavía más. Pero no le iba nada en ese extrañamiento: estaba perfectamente bien. "Estoy perfectamente bien", pensó. "Tengo únicamente debilidad." Bajó el resto de los escalones y deambuló por la penumbra fría del sótano, tanteando plácidamente en la oscuridad, sonriendo suavemente, pensando "Estoy débil, ésa es toda la cuestión"; y cuando se sintió llena de frescura, atravesada por esa sombra fría a la que el sol de enero no había podido ni siquiera rozar, dejó de dar esos pasos lentos y débiles por el sótano y se detuvo en medio de él, hasta que sus fríos ojos azules comenzaron a entrever los contornos confusos de los trastos amontonados. Las ratas hacían crujir la madera podrida de los muebles abandonados. Pero ella estaba bien, "Estoy perfectamente bien", pensaba, "porque no tengo más que debilidad".

Estuvo en el sótano cerca de media hora; después subió. El sol tenía como sumergida la casa en una explosiva luz cenital, llena de destellos ardientes. Se colaba por los vidrios de la mampara que daba al patio y proyectaba unos locos, brillantes e incomprensibles dibujos sobre el piso y la mesa. Pero María Amelia se había bañado una hora antes. "Acabo de bañarme por primera vez desde el sábado", pensó. "Con agua fría", y además acababa de dejarse penetrar por la frescura del sótano, y sentía sus propios cabellos húmedos cayendo sobre sus hombros como un chorro de agua lisa, dorada. Se miró la muñeca, a la que se ceñía la venda cuyos bordes estaban deshilachándose y cuya superficie se ennegrecía lentamente. No hizo el menor gesto; pensó simplemente en lo tonta que era, y después fue a la heladera, sacó un durazno, lo lavó en la pileta de la cocina, y lo fue comiendo con lentos mordiscones hasta que no quedó más que el carozo, duro, rojo y refractario, envuelto apenas por unos filamentos exangües de pulpa amarilla. María Amelia tiró el carozo a la basura y se lavó las manos. Se sentía cada vez menos débil, como si la sangre recuperada, la sangre vuelta a mezclar, purificar, distribuir y filtrar, recóndita y por lo tanto a salvo del sol de enero, hubiese ido vigorizándose con los primeros movimientos del cuerpo que la había producido. Por eso los movimientos con los que se sacó el camisón y se puso el liviano, limpio y almidonado vestido blanco de una sola pieza, apenas escotado, los gestos familiares, fueron rápidos, firmes y llenos de pericia. La luz solar no llegaba hasta el dormitorio, pero la atmósfera pesada de la habitación le desagradó y le hizo daño. Había pasado demasiados días ahí adentro, ya no lo podía soportar. La cama estaba desarreglada y sobre la mesa de luz de su lado había remedios, vasos, y una cucharita sobre la que revoloteaba una mosca. Sobre la mesa de luz del lado de Rafael no había nada, salvo un cenicero lleno de puchos y ceniza y «La pequeña crónica». "¿Por qué se llevará siempre «La pequeña crónica» a la cama?", pensó María Amelia. Y enseguida: "Ahora voy a fumar el primer cigarrillo".

Lo encendió en la habitación que daba al patio, rodeada por la explosiva luz cenital, y las dos primeras pitadas la marearon y la obligaron a sentarse. El tapizado marrón de la silla estaba caliente, y eso le desagradó. Pero ver los arabescos azules del humo atravesado por los rayos solares –el humo del primer cigarrillo después de todos esos días (¿"Cómo he podido ser tan idiota?")– era un espectáculo extraordinario, lleno de plenitud y felicidad. Lo contempló largo tiempo sin percibir el calor creciente en que la luz de enero sumergía la habitación. Su frente comenzó a brillar. No lo percibió tampoco. Estaba ocupada pensando en que la sangre se renovaba continuamente y en lo misterioso que era todo eso, ese trabajo extrasolar, en las grutas oscuras y frías de su parte interna, hasta tal punto que apagó mecánicamente el cigarrillo contra un cenicero y los arabescos de humo azul que contemplaba absorta, con los ojos muy abiertos, se desvanecieron sin que ella lo advirtiera, de un modo terriblemente lento.

Se miró varias veces en el largo espejo del ropero peinándose el agua lisa del pelo y alisándose una y otra vez el vestido blanco, mirándose de frente y de costado.

Por primera vez le produjo disgusto la venda sucia y deshilachada, cuyo aspecto contrastaba de un modo excesivo con la blancura del vestido. Se la hubiese arrancado, pero se sentía demasiado plácida y tranquila como para cometer un acto tan indebido y violento. Se demoró recogiendo una a una las cosas que fue guardando en la gran cartera de esterilla, que hacía juego con sus sandalias. Puso dinero, llaves, cigarrillos, fósforos, papel higiénico; pasó por la biblioteca y se detuvo un largo rato frente a los libros alineados, sin mirar ninguno en especial, hasta que vio de golpe el lomo gris de Madame Bovary y lo sacó del estante. Después pensó que no iba a leerlo, que no iba a hacer lo mismo que Rafael con su «Pequeña crónica» y lo dejó otra vez en su lugar. Tuvo suerte, porque no vio las manchas húmedas que se le habían formado en las axilas, pero cuando salió a la calle los primeros destellos del sol la cegaron.

"Es que estoy demasiado débil", pensó, cerrando la puerta de calle con llave. Era justo el mediodía. El barrio estaba completamente desierto. Las dos interminables hileras de casas de una o dos plantas, separadas entre sí por la calle empedrada, no proyectaban ninguna sombra. Cuando empezó a caminar por la vereda de baldosas grises –un gris descolorido y calcinado– María Amelia no oyó más que el chasquido de sus sandalias y el golpeteo opaco de la cartera de esterilla que colgaba del brazo contra el costado de su muslo derecho. La sombra que proyectaba su cuerpo sobre las baldosas era informe y contrahecha, debido a la posición del sol. Había demasiado silencio para su gusto, pero cuando llegó a la primera esquina y un automóvil blanco que refulgía hizo sonar dos veces la bocina, pensó que al fin de cuentas el silencio no estaba del todo mal, y que cuando llegara al centro –si es que llegaba, porque su caminata no se regía por ningún plan determinado, salvo el de salir de su casa después de tantos días, ahora que Rafael se había atrevido a dejarla sola para viajar a Rosario, cosa de arreglar de una vez por todas la cuestión del concierto– si es que llegaba, iba a tener ruido y movimiento de sobra.

No soplaba brisa de ninguna clase. Salvo el de su cuerpo, que atravesaba el pesado aire caliente, no se percibía el menor movimiento. Comenzó a sentir con nitidez el ritmo que se apoderaba de sus miembros, de sus piernas, de sus brazos y de su cabeza, como si la sangre estuviese marcando desde dentro, con precisión y regularidad, cada uno de sus movimientos. Le pareció que nunca se había sentido tan bien, desde hacía mucho tiempo. Recién ahora que ese ritmo se había apoderado de ella se daba cuenta de lo tonta que había sido, del desprecio de sí misma con que había actuado, qué sabía ella cuántas cosas más. Ahora en el borde del labio superior se le estaban acumulando unas gotitas de sudor, en el borde del labio duro y reseco. Se pasó el dorso del dedo índice y después se secó el dedo con la yema del pulgar. "Qué humedad. Qué terrible", pensó. Los relumbrones del vestido blanco de lino crudo, limpio y quebradizo, hubiesen podido cegar al que lo contemplara, si es que hubiese habido alguien para contemplarlo. Pero no había nadie; la ciudad era como un corredor vacío, cuyo techo de porcelana hubiese comenzado a arder. María Amelia cruzó de vereda, pisando con las sandalias de esterilla su sombra contrahecha por la dirección de la luz. Las fachadas de las casas dispuestas en esas dos largas hileras, de colores claros, blancas la mayoría, condensaban el áspero resplandor. Sobre los techos, las antenas de televisión, nítidas y complejas, aparecían como negreadas por el contraste con la luz solar. Sus siluetas parecían nimbadas por un resplandor transparente. María Amelia se puso la palma de la mano sobre la coronilla de la cabeza, sonriendo, como si con ese gesto se estuviese diciendo a sí misma que ella ya conocía la furia de ese sol de enero, pero que se sentía invulnerable, hasta tal punto que se burlaba de él simulando protegerse la cabeza con la mano. En la vereda opuesta apuró el paso sin dejar de sonreír, viendo lo ridícula que parecía su propia sombra, contrahecha por la posición del sol y encima grotescamente modificada por la mano que llevaba sobre la cabeza. Su piel, que se había blanqueado durante los días que había permanecido en la cama, empezó a llenarse de puntos rojos en las mejillas hundidas y alrededor de los fríos ojos azules. Los ojos parecían empañados, como cuando uno echa su aliento cálido sobre un vidrio transparente. Pero María Amelia tenía la mente ocupada en evocar la gruta fría del sótano, esa sombra húmeda que la había penetrado cuando recién acababa de salir del baño –y se había dado el gusto de dejar correr agua fría durante largo tiempo sobre su cuerpo desnudo. Podía volverse cuando quisiera ("Está tres cuadras atrás, en mi casa", pensó) y sumergirse en él, durante el tiempo que quisiera ("Lejos de todo el mundo", pensó) y cuando Rafael volviera de Rosario podía buscarla por toda la casa llamándola su abejita, que no iba a poder encontrarla. Alzó la cabeza, súbitamente, y vio el sol áspero, lleno de duros destellos, como una mechadura llena de fulgor hendiendo la porcelana turbia del cielo. La textura del sol le resultó insoportable. Parecía haber más de uno. Parecían dos o tres discos incandescentes y amarillos que fluctuaban concéntricos sin acabar de superponerse uno sobre los otros y unificarse de una vez por todas. Bajó la cabeza. Durante unos metros caminó con los ojos cerrados y sonrió, comprobando que el ritmo que se había apoderado de su cuerpo persistía, dándole cohesión y unidad, permitiéndole pensar acerca de sus piernas "la izquierda, la derecha, la izquierda ahora, la derecha ahora", sintiendo al mismo tiempo el rumor de las suelas de sus sandalias sobre las baldosas grises de la vereda y el golpeteo opaco, sordo, de la cartera de esterilla contra el costado de su muslo derecho. De golpe recordó el aljibe de la quinta en Colastiné: en el fondo, la penumbra era verde y subía frescura desde la oscuridad, y si uno dejaba caer una piedra tenía tiempo de cerrar los ojos, sonreír, dar vuelta la cabeza, muy lentamente, antes de oír por fin el sonido lleno de ecos de la piedra chocando contra el agua.

Por fin dobló por una transversal arbolada: su propia sombra se desvanecía sobre la sombra de los árboles. Era un placer verla borrarse y reaparecer carcomida en el suelo, proyectada por efecto de los rayos solares que se colaban a través de la fronda de los árboles. El sol fulguraba entre las hojas verdes. Por un momento lo miró sin dejar de caminar, con la cabeza alzada, llena del ritmo que se había apoderado de ella, de tal manera que toda la fronda verde de los árboles detrás de la cual el sol y el cielo turbio se percibían como una miríada fija y como pétrea, parecida a la de un mosaico hecho pedazos y vuelto a pegar imperfectamente, daban la impresión de estar desplazándose lentamente hacia atrás, inermes y unificados. De un modo mecánico, María Amelia llevó la mano a la gran cartera de esterilla y la abrió, palpando su interior en busca de los lentes negros. No los encontró. Una leve y rápida rigidez en su cara fue todo lo que pasó por ella al comprobar que no los había puesto en la cartera. Recién entonces advirtió que había estado confiando secretamente en ellos, que hasta el último sábado había estado usándolos desde que empezara el verano y que ahora había hecho casi seis cuadras y no iba a volver a buscarlos. "No tengo más que debilidad", pensó, con un fulgor riente en los ojos. "Todo ha sido y sigue siendo pura debilidad." Recordó haber leído algo, alguna vez, no sabía bien qué, donde un monje se probaba a sí mismo todo lo que podía resistir poniendo la mano sobre una llama. Poner la mano sobre la llama significaba al mismo tiempo no sólo probarse a sí mismo hasta dónde se podía resistir, sino también manifestar el deseo secreto de quemarse.

En la primera esquina eludió la calle arbolada y siguió caminando otra vez por el pleno sol. El cabello rubio comenzó a humedecérsele en las sienes. Tenía la cara cada vez más roja, con unos círculos encarnados alrededor de los ojos, y el ritmo que la había asaltado un momento antes acababa de desaparecer. Ahora percibía únicamente el silencio y la luz solar, y resaltando contra el silencio, el chasquido de las sandalias sobre las baldosas grises repercutiendo alternadamente respecto del golpeteo sordo de la cartera contra el costado de su muslo derecho. Su mente se vació de golpe: pero antes de que la incandescencia blanca y sin inflexiones la ocupara oyó por última vez el golpe lleno de ecos contra la oscuridad verde del fondo frío del aljibe y después el silencio que siguió, cargado de resonancias comprendidas a medias, como las del olor denso del sótano. Por fin se detuvo, arrimándose a una pared blanca, el montón informe y obediente de su sombra precediéndola. Era un muro recto, de unos diez metros de largo y casi tres de altura, encalado, la textura de cuya superficie María Amelia percibió áspera, rugosa y caliente al depositar la palma de la mano izquierda contra él. Después se volvió y se apoyó de espaldas contra el muro, alzando la cabeza, con los ojos entrecerrados. Abrió los ojos y volviendo la cabeza observó que el muro terminaba en un alto portón gris con dos ventanales oblongos de vidrio esmerilado en la parte superior. Encima de su cabeza, contra el muro blanco, unas grandes letras de hierro negro, dispuestas horizontalmente y muy separadas entre sí, formaban la palabra FUNDICION. De espaldas contra la pared, María Amelia pensó que debía mirar el sol ("Ahora levanto la cabeza, despacio, ahora"), y al abrir los ojos con la cabeza alzada pudo ver, otra vez, por un segundo, los pétreos discos dorados e incandescentes despidiendo llamas que carcomían los bordes de un cielo turbio. Sudaba y sentía el cuerpo caliente y el vestido blanco pegado a la espalda hecha sopa. El fulgor del cielo la obligó a cerrar otra vez los ojos y estaba pensando en volver a abrirlos para resistir ahora todo lo que fuese posible, cuando oyó resonar el portón metálico y volvió súbitamente la cabeza justo para ver al hombre que la contemplaba perplejo desde la vereda. También el hombre proyectaba una sombra informe sobre las baldosas que, a diferencia de las del resto de la cuadra no eran grises sino blancas, y más grandes y lisas, llenas de unas pequeñas vetas negras. El hombre no tenía puesto más que el pantalón y mostraba un pecho lleno de vellos entrecanos que iban raleando a medida que se aproximaban al gran abdomen. La miraba con curiosa perplejidad. María Amelia se apoyó contra la pared y alzó la pierna izquierda simulando que se arreglaba la sandalia de esterilla y después se alejó en dirección contraria a la del hombre. Sentía los ojos húmedos y la mirada del hombre clavada en ella. Al llegar a la esquina se volvió por un momento y vio que el hombre le hacía unas señas incomprensibles. Dobló la esquina y entró en otra transversal arbolada.

La sombra de los árboles no producía ninguna frescura. La proximidad gradual del centro hacía que el silencio y la soledad fuesen menores, pero la sensación de estar atravesando una larga, compleja y sólida construcción desierta no abandonó a María Amelia. Las pocas personas con las que se cruzaba en la calle parecían estar recorriéndola por última vez, como si se tratara del último día del tiempo. Ahora vio que su sombra había crecido, por la extensión de los fragmentos que se esfumaban y reaparecían en las baldosas grises, sobre la sombra más amplia y más complicada de los árboles. El sol, por lo tanto, había comenzado a declinar. Anduvo alrededor de media hora más hasta que llegó al centro. De tanto que sonó durante todo el tiempo, María Amelia dejó de escuchar el ruido de las sandalias y de la cartera. Cuando estuvo en pleno centro, su paso se hizo más lento y llevaba la muñeca de la mano izquierda sostenida con la mano derecha, a la altura del vientre. Con la yema del pulgar de la mano derecha acariciaba continuamente el borde deshilachado y sucio de la venda. Había pasado el momento en que el sol estaba alto, y ella había atravesado ese momento en el que la incandescencia blanca había inundado su mente instalándose ahí, pero ahora el sol declinaba y seguiría declinando hasta que lo enfriara el crepúsculo y llegara la noche. "No olvidarme los anteojos negros. No olvidarme los anteojos negros", pensó. Entró en el bar Montecarlo, que estaba vacío o en penumbra, los ventanales protegidos por quietas cortinas azules. Abrió enormemente los ojos para ver mejor en la penumbra, pero golpeó una silla con el costado de su cuerpo y la hizo trastabillar. Se sentó inmediatamente, dejando la cartera sobre la mesa. Estuvo un momento pensativa, jugueteando con los bordes sucios de la venda, hasta que de un modo súbito advirtió el manchón blanco de la casaca del mozo que se hallaba de pie a su lado y la contemplaba. María Amelia alzó hacia él la cara despavorida.

–No –dijo–. Si no es más que debilidad.

Verde y negro

A Raúl Beceyro

Palabra de honor, no la había visto en la perra vida. Eran como la una y media de la mañana, en pleno enero, y como el Gallego cierra el café a la una en punto, sea invierno o verano, yo me iba para mi casa, con las manos metidas en los bolsillos del pantalón, caminando despacio y silbando bajito bajo los árboles. Era sábado, y al otro día no laburaba. La mina arrimó el Falcon al cordón de la vereda y empezó a andar a la par mía, en segunda. Cómo habré ido de distraído que anduvimos así cosa de treinta metros y ella tuvo que frenar y llamarme en voz alta para que me diera vuelta. Lo primero que se me cruzó por la cabeza era que se había confundido, así que me quedé parado en medio de la vereda y ella tuvo que volverme a llamar. No sé qué cara habré puesto, pero ella se reía.

–¿A mí, señora? –le digo, arrimándome.

–Sí –dice ella–. ¿No sabe dónde se puede comprar un paquete de americanos?

Se había inclinado sobre la ventanilla, pero yo no podía verla bien debido a la sombra de los árboles. Los ojos le echaban unas chispas amarillas, como los de un gato; se reía tanto que pensé que había alguno con ella en el auto y estaban tratando de agarrarme para la farra. Me incliné.

—¿Americanos? ¿Cigarrillos americanos?

—Sí —dijo la mina. Por la voz, le di unos treinta años.

El Gallego sabe tener importados de contrabando, una o dos cajas guardadas en el dormitorio. Si uno de nosotros se quiere tirar una cana al aire, se lo dice y el Gallego le contesta en voz baja que vuelva a los quince minutos.

—De aquí a tres cuadras hay un bar —le dije—. Sabe tener de vez en cuando. Tiene que ir hasta Crespo y la Avenida. ¿Conoce?

—Más o menos —dijo.

Me preguntó si estaba muy apurado y si quería acompañarla. "Zápate, pensé; una jovata alzada que quiere cargarme en el coche para tirarse conmigo en una zanja cualquiera." El corazón me empezó a golpear fuerte dentro del pecho. Pero después pensé que si por casualidad el Gallego no había cerrado todavía y me veía aparecer con semejante mina en un bote como el que manejaba, bajándome a comprar cigarrillos americanos, todo el barrio iba a decir al otro día que yo estaba dándome a la mala vida y que estaba por dejar de laburar para hacerme cafisio. Para colmo, en verano las viejas son capaces de amanecerse sentadas en la vereda.

—Ya debe de estar cerrado —le dije—, y no sé en qué otra parte puede haber.

La mina me tuteó de golpe.

—¿Tenés miedo? —dijo, riéndose.

Encendió la luz de adentro del coche.

—¿No ves que estoy sola? —dijo.

Mi viejo era del sur de Italia, y los muchachos me cargan en cuestión minas, porque dicen que yo, aparte de laburar y amarrocar para casarme, no pienso en otra cosa. Dicen que los que venimos de sicilianos tenemos la sangre caliente. No sé si será verdad, y no pude ver mi propia cara, pero por la risa de ella me di cuenta de que con uno solo de los muchachos que hubiese estado presente, en lo del Gallego me habrían agarrado de punto para toda la vida. Era rubia y tostada y llena por todas partes, que parecía una estrella de cine. "No me lo van a creer", pensé. "No me lo van a creer cuando se los cuente." Sentí calor en los brazos, en las piernas, y en el estómago. Tragué saliva y me incliné más y ella me dio lugar para que me apoyara en el marco de la ventanilla. Tenía un vestido verde ajustado y alzado tan arriba de las rodillas, seguro que para manejar más cómoda, que poco más y le veo hasta el apellido. ¡Hay que ver cómo son las minas de ahora! ¡Y pensar que la hermana de uno es capaz de andar en semejante pomada, y uno ni siquiera enterarse!

–No –le dije–, qué voy a tener miedo. ¿Miedo de qué?

–Y, no sé –dijo ella–. Como no querés acompañarme...

A las minas hay que hacerlas desear; cuando uno más se hace el desentendido, a ellas más les gusta la pierna, sobre todo si se avivan de que uno es piola. Ahí nomás la traté de vos.

–¿Acompañarte adónde? –le dije.

–No te hagás el gil –me dijo ella, sonriendo. Después se puso seria–. Ando buscando gente para ir a una fiesta.

Cosa curiosa: se reía con la mitad de la cara, con la boca nada más, porque los ojos amarillos no parecían ni verme cuando se topaban conmigo.

–No estoy vestido –le dije.

Ahí sí me miró fijo, a los ojos.

—Subí —me dijo.

Abrí la puerta, despacio, mirándola; ella se corrió al volante, y yo me senté sobre el tapizado rojo protegido con una funda de nailon. Pensé que ver la vida desde un bote así, siempre, es algo que debe reconciliarlo a uno con todo: con la mala sangre del laburo, los gobiernos de porquería y lo traicionera que es la mujer. Le puse la mano sobre la gamba mientras lo pensaba: tenía la carne dura, caliente, musculosa, y yo sentía los músculos contraerse cuando apretaba el acelerador. "No me lo van a creer cuando se los cuente", pensé, y como vi que la mina me daba calce me apreté contra ella y le puse la mano en el hombro.

—¿Dónde es la fiesta? —le pregunté.

—En mi casa —dijo vigilando el camino, sin mirarme.

Doblamos en la primera esquina y empezamos a correr en dirección a la Avenida. Dejamos atrás las calles oscuras y arboladas, y a las dos cuadras nos topamos con la Avenida iluminada con la luz blanca de las lámparas a gas de mercurio. Había bailes por todas partes, se ve, porque los coches corrían en todas direcciones y mucha gente bien vestida andaba en grupos por las veredas, hombres de traje azul o blanco o en mangas de camisa, y mujeres con vestidos floreados. De golpe me acordé que en Gimnasia y Esgrima estaban D'Arienzo y Varela-Varelita, y por un momento me dio bronca que se me hubiese pasado, pero cuando sentí la gamba de la mina moviéndose contra la mía para aplicar el freno, pensé: "Pobres de ellos". El Falcon entró en la Avenida y empezó a correr hacia el norte.

—Separate un poco hasta que pasemos la Avenida —me dijo la mina.

Ibamos a noventa por la Avenida por lo menos. Se ve que a la mina le gustaba correr, cosa que no me gustó ni medio, porque había mucho tráfico a esa hora, y la Avenida no es para levantar tanta velocidad. Cuando la Avenida se acabó, doblamos por una calle oscura, llena de árboles, y la mina aminoró la marcha, para cuidar los elásticos por cuestión del empedrado. Yo volví a juntarme con ella y ella se rió. Se dejó besar el cuello y me pidió un cigarrillo.

—Fumo negros —le dije.

—No importa —dijo ella.

Le puse el Particular con filtro en los labios y se lo encendí con la carucita. La llama le iluminó los ojos amarillos, que miraban fija la calle adelante, como si no la vieran. La luz de los faros hacía brillar las hojas de los paraísos. No se veía un alma por la zona. Cuando le toqué otra vez la pierna me pareció demasiado dura, como si fuera de piedra maciza, y ya no estaba caliente. No voy a decir que estaba fría, la verdad, pero le noté algo raro. A la mitad de la cuadra, en la calle oscura, aplicó los frenos y paró el coche al lado del cordón. La casa era chiquita y el frente bastante parecido al de mi casa, con una ventana a cada lado de la puerta. De una de las ventanas salían unos listones de luz a través de las persianas que apenas si se alcanzaban a distinguir. La mina apagó todas las luces del auto y se echó contra el respaldar del asiento, suspirando y dándole dos o tres pitadas al cigarrillo. Después tiró el pucho a la vereda.

—Llegamos —dijo.

A mí me la iba a hacer tragar, de que con semejante bote iba a vivir ahí. Era un bulín, clavado, pero no se lo dije, porque me fui al bofe enseguida, y ella me dejó hacer. Estuvimos como cinco minutos a los manotazos, y me dejó cancha libre; pero no sé, había algo que no funcionaba, me daba la impresión de que con todo, ella seguía mirando la calle por arriba de mi cabeza con sus ojos amarillos. Después me acarició y me dijo muy despacito:

—Vení, vamos a bajar. No hagás ruido.

Bajamos, y ella cerró la puerta sin hacer ruido. La puerta de calle del bulín estaba sin llave y el umbral estaba negro, no se veía nada. Al fondo nomás se alcanzaba a distinguir una lucecita, reflejo de la luz encendida de alguno de los cuartos, la que se veía desde la calle, seguro. Por un momento tuve miedo de que estuviera esperándome alguno para amasijarme, pero después pensé que una mina que aparecía en un Falcon no podía traer malas intenciones. Enseguida se me borraron los pensamientos, porque la cosa me agarró la mano, se apoyó en la pared y me apretó contra ella, cerrando la puerta de calle. Me empezó a pedir que le dijera cosas, y yo le dije "corazón", o "tesoro", o algo así; pero ella me dijo con una especie de furia, sacudiendo la cabeza, que no era eso lo que quería escuchar, sino algo diferente. Era feo lo que quería, la verdad; para qué vamos a decir una cosa por otra. Y cuando empecé a decírselas —uno pierde la cabeza en esos casos, queda como ciego y hace lo que le piden— me pidió que se las dijera más fuerte. Yo estaba casi gritándoselas cuando ella dejó de escucharme, me agarró de la manga de la camisa y caminando rápido, casi corriendo, me arrastró hasta el dormitorio, que era la pieza que estaba con la luz encendida. No había más que la cama de dos plazas y una silla. Me dio la impresión de que no había un mueble más en toda la casa. Con ese coche, y un bulín tan desprovisto. Pensé que no le interesaba más que la cama y una silla cualquiera para dejar la ropa.

    Se desnudó rápido, y yo también. Nos metimos en la cama. Al inclinarme sobre la mina pensé que si no la hubiese encontrado en la vereda de mi barrio, en ese momento estaría durmiendo en mi cama, hecho una piedra, como muerto, porque yo nunca sueño. Quién la había hecho doblar por esa esquina, y quién me había hecho a mí ir al bar del Gallego, y quién me había hecho retirarme a la hora que me retiré para que ella me encontrara caminando despacio bajo los árboles, es algo que siempre pienso y nunca digo, para que no me tomen para la farra. Ahí nomás me le afirmé y empecé a serruchar y ella me fue respondiendo con todo, cada vez más. Las minas se ablandan a medida que el asunto empieza a avanzar; tienen varias marchas, como el Falcon: pasan de la primera a la segunda, y después a la tercera, y hasta a la cuarta, para la marcha de carretera. Uno, en cambio, se larga en primera y a toda velocidad, y a la mitad del camino queda fundido. Algo siguió funcionando dentro de ella después que yo terminé, porque todo el cuerpo se le puso duro y áspero como un tablón de madera y cerró los ojos, y agarrándome los hombros me apretó tan fuerte que al otro día cuando desperté en mi casa todavía sentía un ardor, y mirándome en el espejo vi que tenía todo colorado. Después la mina se aflojó y se puso a llorar bajito. Lloró sin decir palabra durante un rato y después empezó a hablar. "Siempre lo mismo", pensé. "Primero te hacen hacer cualquier locura, y después que te sacaron el jugo como a una naranja, se ponen a llorar."

—¿Qué me hacés hacer? –dijo la mina, llorando bajito–. ¿Hasta cuándo vamos a seguir haciéndolo? ¿Todo esto en nombre del amor? ¿Para no separarnos? Es insoportable.

Lloraba y sacudía la cabeza contra la almohada húmeda.

—Insoportable. Insoportable –decía, mirando siempre fijo por encima de mi cabeza con sus ojos amarillos.

Yo no le dije nada, porque si uno se pone a discutir con una mina en esa situación, seguro que la mina termina cargándole el muerto. "Me he hecho llamar puta para vos en el umbral", dijo la mina. Ahí empezó a pegar un alarido que cortó por la mitad, como si se ahogara, y siguió llorando. No tuve tiempo de pensar nada, y no por falta de voluntad, porque en el momento en que la mina dijo eso y trató de pegar el alarido, ya había empezado a trabajarme el balero y a hacerme sentir que esa mirada amarilla que la mina no parecía fijar en ninguna parte, había estado siempre fija en algo que nadie más que ella veía; tanto me trabajó el balero, que estuve a punto de pensar que yo no era más que la sombra de lo que ella veía. Pero el llanto del tipo sonó atrás mío antes de que yo empezara a carburar, y ése fue el momento en que salté de la cama, desnudo como estaba: justo cuando sonó su voz, entorpecida por el llanto.

—Dios mío. Dios mío –dijo.

Estaba parado en la puerta del dormitorio, en pantalón y camisa. Se tapaba la cara con la mano, y no paraba de llorar. Pensé que era el macho o el marido y que nos había pescado con las manos en la masa, y me vi fiambre. Pero ni se fijó en mí. La mina estaba desnuda sobre la cama y lloraba mirándolo al punto que seguía con la cara tapada con la mano y no paraba de llorar. Si antes yo había sentido que era como una sombra, ahora sentía que ni eso era. "Dios mío. Dios mío", era todo lo que decía el tipo. Y la mina lo miraba fijamente y lloraba sin hablar. Cuando terminé de vestirme me acerqué a la cama.

–Señora –dije.

La mina ni me miró. Tenía los ojos amarillos clavados en el tipo y pareció no escucharme.

–¿Estás satisfecho? –dijo–. ¿Estás satisfecho?

–Amor mío –dijo el tipo, sin sacarse la mano de la cara.

Salí abrochándome el cinto y tuve que ponerme de costado para pasar por la puerta, porque el tipo ni se movió. Tenía una camisa blanca desabrochada hasta más abajo del pecho y se le veía la piel tostada. Se notaba a la legua que estaba quedándole poco pelo en la cabeza, porque eso que la mano dejaba ver encima de las cejas medias levantadas, era más alto que una frente. Parecía recién bañado, por el olor que le sentí. Para mí que había estado todo el día al sol, en el río, tanta fue la sensación de salud que me dio cuando pasé al lado de él.

Atravesé el umbral negro y salí a la calle. El Falcon estaba ahí, con las luces apagadas. Me paré un momento delante de las rayitas de luz que se colaban a la calle, y arrimando el oído a la persiana del dormitorio los oí llorar. Traté de espiar por las rendijas de la ventana, pero no vi una papa. Solamente escuché otra vez la voz de la mina, diciendo esta vez ella "Amor mío" y después cómo lloraban los dos, y después nada más. Me paré recién un par de cuadras más adelante, porque empezó a fallarme la carucita, y aunque no había viento me tuve que arrimar a la pared para poder encender el Particular con filtro que me temblaba apenas en los labios. Con el primer chorro de humo seguí caminando bajo los árboles oscuros, pero ni silbé nada, ni me puse las manos en los bolsillos del pantalón. Tenía la espalda pegada a la camisa, que estaba hecha sopa. Cuando tiré el Particular con filtro y encendí el otro, sobre el pucho, la carucita no me falló, y llegué a la Avenida. Pensé en el bar del Gallego y en los muchachos, y en la cara que hubiesen puesto si se me hubiese dado por contárselos. Había menos gente en la Avenida, pero seguro que al terminar todos los bailes las calles iban a llenarse otra vez. Miré y vi que estaba lejos del barrio, y sintiendo en la cara un aire fresco que estaba empezando a correr, me apuré un poco, cosa de no perder el último colectivo.

Fresco de mano

A Augusto Bonardo

1

Estoy bajo el paraíso y no sopla viento que enfríe la luz de mediodía. La fronda del paraíso es atravesada por la luz y sobre el libro y el cuaderno abierto con la frase a medio terminar, escrita en tinta azul, se proyectan unos círculos solares, de distinto tamaño. El aire calienta también la zona de sombra y siento el cuerpo húmedo y la espalda desnuda pegada al respaldo de madera de la silla. La mesa recibe también unos círculos de luz. Escucho los ruidos que mi madre hace en la cocina con las ollas y las sartenes y los cuchillos y los tenedores, metálicos, y el golpe seco del cuchillo sobre la tabla de madera. El olor de la comida llega hasta aquí. Recojo otra vez la lapicera y miro la frase, releyéndola. Ocupa los cuatro primeros renglones de la página y consiste en realidad en dos fragmentos: el fragmento final de la frase comenzada en la página anterior y el fragmento de la frase inmediatamente comenzada después del punto, que no he terminado todavía. He tachado la última palabra, "alma", y he puesto encima otra, "corazón". También la he tachado, como se ve en la página. Puse encima otra palabra, con letra chica y casi ilegible: "espíritu". También la taché. En el cuaderno dice

> y por esta razón el narrador no debe interesarse por las cosas en sí mismas. El único problema real del mundo es la conciencia del hombre, que ilumina el misterio del mundo y lo constituye como tal, y el hombre que se interesa por las cosas en sí mismas y quiere comprenderlas prescindiendo de su propia condición humana, tiene necesariamente secas ciertas fuentes de su

y después vienen las palabras tachadas. Permanezco inmóvil con la lapicera en la mano, mirando la página. Después miro el patio lleno de luz solar: la pared de ladrillos rojizos, sin revocar, que lo separa de la casa vecina, la galería en el lado opuesto, con las cuatro puertas de las cuatro habitaciones que se abren sobre ella, los sillones de mimbre, y el largo umbral enfrente mío, con la altísima arcada que deja ver la altísima puerta de calle, cuyas pesadas hojas están pintadas de gris. El umbral y la galería, techados, están a la sombra. Yo también estoy a la sombra, la sombra del paraíso atravesada por esos círculos solares. Alzo la cabeza y la fronda del paraíso refulge, cegadora, en la altura. Bajo la cabeza, y dejando la lapicera sobre el cuaderno miro mi piel tostada, el pantaloncito de azul descolorido lleno de manchas. Veo mis pies sucios. La parte de mi cuerpo que puedo ver está quemada por el sol, las piernas cubiertas por un vello suave, y el pecho sin un solo vello. El extrañamiento sale del pleno vacío, y después fluye y cuaja, como esos nudos de la madera, más oscuros, rodeados por un círculo de vacío. Oigo los ruidos metálicos que vienen de la cocina, mezclados al sonido seco de la tabla de madera. Después el chisporroteo del aceite hirviendo en la sartén y el olor del riñón cortado en pedazos que comienza a freírse. El sol refulge cegador.

2

La voz de mamá y la de él vienen desde el living resonando apagadas y mezcladas a risas graves y fugaces. El gusto del riñón –o su recuerdo– me secan la boca y tomo un trago de limonada, directamente de la jarra. El hielo tintinea contra las paredes de vidrio de la jarra, empañada y fría, llena de gotitas que se deslizan sobre el vidrio como las gotas de sudor que recorren lentamente mi cuerpo dejando un rastro tortuoso parecido al rastro de un suplicio. La risa de él repercute más alta y se corta de golpe, por encima de la voz de mamá que murmura monótona. Recojo la lapicera, releyendo los dos fragmentos de frases, pongo un punto después de la palabra "tal", y tacho lo demás. Superpongo sobre las palabras muchas rayas irregulares en tinta azul hasta que lo escrito casi no puede leerse. Después escribo:

> Dada su posibilidad de reinar sobre los hechos, la narración debe superar las cosas englobándolas en una síntesis significativa guiada por el amor al conocimiento del hombre, y propender a

El ruido de la pesada puerta gris más allá de la arcada altísima me hace levantar la cabeza justo para ver aparecer la figura de Esteban que atraviesa el hueco de la puerta y la cierra después detrás suyo. Dejo la lapicera dentro del cuaderno y me levanto, mientras cierro el cuaderno.

–¿Trabajabas? –dice Esteban.

–Sí –le digo.

Tiene la piel tostada y una camisa blanca, recién puesta. Parece recién bañado. Se ha peinado el pelo rubio bien aplastado contra el cráneo, y como se lo ha secado mal unas gotitas de agua le corren desde las patillas hacia la quijada. Sus ojos verdes, pétreos, contemplan el patio y se detienen en la segunda puerta que da sobre la galería. Hace un movimiento interrogativo con la cabeza.

–El novio de mamá –le digo, en voz baja.

Miro su pantalón gris de poplin. Está recién planchado. Está parado en medio del sol y su pelo mojado brilla. Avanza y entra en la sombra y toma un largo trago de limonada directamente de la jarra.

–Es hora de que averigües qué clase de intenciones son las que trae –dice, riendo secamente con la jarra en la mano.

–No sé si debí permitirle que la visitara en casa –digo.

–¿Será un muchacho de buena familia? –dice Esteban, dejando la jarra sobre la mesa.

–Dudo –le digo–. La juventud de hoy día ha perdido toda moral, así venga de la mejor familia.

Esteban va y se trae un sillón de mimbre y lo instala en la sombra, cerca de mi silla. Se sienta y estirando el brazo toca con el dorso de la mano la corteza áspera y llena de cortes y de hendiduras del tronco del paraíso. El murmullo de las voces sigue llegando desde la segunda puerta de la galería. Los ojos pétreos de Esteban se clavan en ella.

—Se está bien aquí —dice—. ¿En qué trabajabas?
—Alrededor de una duda —le digo.
—Está bien —dice Esteban—. A otra cosa. Inciso dos: la playa. ¿Vamos?
—No puedo —le digo—. Hice la promesa de no salir.
—¿Promesa? —dice Esteban—. ¿A quién?
—A mí. A mí mismo.
—¿A vos mismo? —dice Esteban—. ¿Y por qué a vos mismo? ¿Quién sos vos mismo?
—Nadie —digo.

La boca de Esteban se ríe, pero sus ojos verdes no y me recorren, pétreos. Cuando hay una persona cerca de uno, las cosas desaparecen, y cuando los ojos de esa persona nos recorren, desaparece también la persona y quedan solamente los ojos. Si esos ojos son los de Esteban, hasta los ojos mismos desaparecen, y lo que queda es algo imposible de definir. Después Esteban señala con la cabeza la segunda puerta de la galería.

—¿Será casado? —dice.
—Vaya a saber —digo yo.

Las voces llegan desde la segunda puerta de la galería. Tengo la boca seca y el gusto del riñón —o su recuerdo— me la llena. Tomo un trago de limonada directamente de la jarra. El líquido helado pasa a través de mis entrañas, pero mi boca sigue seca. Los ojos de Esteban me miran fijamente, verdes.

—Dame la jarra —dice, y me la saca de las manos, rozándomelas con las suyas, sin dejar de mirarme.

—Esa promesa —dice— ¿fue hecha por odio?
—No —le digo—. No sé.
—¿Tengo algo que ver con ella? —dice Esteban.
—No. Creo que vos no —le digo.
—Me hiere —dice Esteban—. Me hiere mucho.

Me echo a reír. El sol de las dos arde en el patio y nosotros lo contemplamos durante un momento desde la sombra ardiente del paraíso. El libro está sobre la mesa, junto al cuaderno cerrado, dentro del cual está la lapicera. En el living se ha hecho silencio y el silencio llega hasta nosotros como una voz.

—¿Y si llenamos la bañadera, y nos metemos adentro? —dice de pronto Esteban.
—No —le digo—. Acabo de comer.
—Tengo un terrible deseo de estar desnudo —dice Esteban.
—No empieces otra vez con eso —digo yo.

Esteban se ríe, sacudiéndose, y el sillón de mimbre cruje bajo su peso.

—De acuerdo —dice—. No tenés que tomártelo así, Angel. Te juro que no es por nada malo, te lo juro. No tengo ninguna mala intención. Te lo juro que no, Angel.
—No te hagas el gil —digo yo, riendo.
—He escrito un poema —dice Esteban.
—Venga —digo.

Esteban hace silencio, cierra los ojos, después comienza a recitar:

—Alguien tocó por mí
el aire, con mis manos.
Alguien vivió
mis noches, mis veranos.

Alguien que no fui yo
Llegó hasta aquí.
Oh, cielo, danos...

La segunda puerta de la galería se abre bruscamente. Esteban interrumpe el poema y abre los ojos. Mamá está en la puerta. Tiene un salto de cama sucio y lleno de flores rojas y la cabeza llena de ruleros. Un cigarrillo cuelga de sus labios.

–¿Queda algo de limonada, Angel? –dice.

–Sí –le digo.

Mamá se acerca haciendo susurrar sus chinelas sobre la galería; baja al patio y su larga sombra la sigue hasta que llega bajo la sombra del paraíso y su propia sombra desaparece. El cigarrillo cuelga de sus labios y mamá entrecierra un ojo para que el humo no se lo haga arder. Sus arrugas se acentúan debido a la trabajosa expresión de la cara.

–¿Cómo te va, Estebancito? –dice mamá, con su voz áspera.

–Bien, señora –dice Esteban.

–¿Y tu mamá? –dice mamá.

–Bien –dice Esteban.

–¿De veras que te tocó marina? –dice mamá.

–Sí –dice Esteban.

–El nene tuvo más suerte que vos, entonces –dice mamá, señalándome con la cabeza.

–Ahí está la limonada –digo.

Mamá me mira rápidamente y recoge la jarra.

–Hasta luego, Estebancito –dice.

–Hasta luego, señora –dice Esteban.

Mamá se vuelve y se detiene. Esteban y yo miramos en dirección a la segunda puerta de la galería. El está ahí, parado, y nos sonríe.

—La tomo con los muchachos. Vos andá a bañarte, Elvira —dice.

—Estoy lista en un minuto —dice mamá.

Deja la jarra sobre la mesa y desaparece. Tiene la cara redonda, pueril, oscurecida por la barba, y le queda muy poco pelo en la cabeza. Está vestido con un traje blanco, sucio y raído. Tiene demasiada barriga. Sus ojos evitan mirarme cuando me habla.

—En qué andan, muchachos —dice.

—Conversábamos —dice Esteban.

—Permiso —dice él—. Voy a servirme un trago de limonada.

Llena el vaso de limonada, sin mirarme, y se lo toma.

—Y, Angelito, ¿cómo marcha ese periodismo? —dice.

—Bien —digo.

—Se gana bien ahí, ¿no? —dice.

—Algo se gana —digo.

—De joven me gustaba el periodismo —dice él—. Y me gustaban los versos, también. Tu mamá me ha dicho que te gustan mucho los versos.

Evita mirarme. Los ojos verdes de Esteban, en cambio, me contemplan, pétreos. No respondo.

—Sírvase otro vaso de limonada —dice Esteban.

—Gracias —dice él. Lo sirve y se lo toma. Una gota cae del vaso al suelo, mientras él permanece tomándoselo, con la cabeza echada hacia atrás. Después deja el vaso sobre la mesa.

—Calor —dice—. Mucho calor.

Tiene la barba veteada de gris. Carraspea.

—Mucho —dice—. Mucho.

Vuelve a carraspear. Los ojos de Esteban me contemplan, los siento. Los de él, en cambio, evitan mirarme.

—Permiso, muchachos —dice por fin—. Voy adentro.

—Atienda, nomás —dice Esteban.

—Angelito —dice él, indeciso—. Una de estas noches tenemos que ir a comer unos pescados por ahí, ¿no te parece?

—Sí. Lógico —digo yo.

—Bueno, muchachos. No los molesto más —dice él.

Oigo el chasquido de sus zapatos en la tierra y después el taconeo sobre las baldosas. Esteban lo mira alejarse por encima de mi cabeza. Oigo el ruido de la segunda puerta al cerrarse.

—Tenía sed —dice Esteban.

3

De pie contemplo cómo el chorro de agua de la canilla cae en la bañadera, con un estruendo rápido. La bañadera está a medio llenarse y el agua salpica los mosaicos blancos y negros del cuarto de baño.

—Seguro que la llevó a tomar un helado —dice Esteban.

Esteban se mira durante un momento en el espejo. Se toca la mejilla con la mano.

—Es extraño —dice.

Toda su ropa cuelga de la percha. A través de los vidrios esmerilados de la puerta del baño veo la refulgencia del sol de la tarde. En la atmósfera flota todavía el olor a perfume barato de mamá. Esteban sacude la cabeza, haciendo una mueca a su propia imagen, y después se mete en la bañadera.

—¿Cómo sigue? —le digo.

—¿Qué cosa? —dice Esteban.

—El poema —digo—. ¿Cómo sigue?

Esteban cierra los ojos y comienza a recitar, metido en el agua hasta el cuello.

—Oh, cielo, danos
una luz más ardiente para saber
—si es que eso puede ser sabido—
quién labró por nosotros nuestro ayer
y vivió lo que hemos vivido.

Esteban permanece con los ojos cerrados, acostado boca arriba en la bañadera, con el agua hasta el cuello.

—Esteban —le digo—. Ellos sufren.

—¿Quiénes? —dice Esteban.

—El —digo yo—. Ella. Sobre todo él. Ella, sobre todo.

—Yo abriría la puerta —dice Esteban—. Me gustaría ver desde aquí el paraíso.

—No se ve desde aquí —le digo.

Me saco el pantaloncito descolorido y voy hacia la bañadera.

4

No escucho más que el ruido de la lluvia en la casa sola. He puesto la mesa en la galería para ver la lluvia mojando incansablemente el paraíso, a la luz de relámpagos verdes. El agua a veces me salpica la cara. El cuaderno está abierto sobre la mesa y a su lado está la lapicera, cerrada. Tengo la boca seca. Cuando los relámpagos iluminan el patio veo los charcos que el agua ha ido formando sobre la tierra. La luz de la galería alumbra apenas el cuaderno y la mesa y me he ubicado de modo tal que mi sombra no me impedirá trabajar. Siento el rostro reseco, y un gusto a sal, y la boca seca. La copia del poema de Esteban asoma de entre las páginas del libro. Releo lo escrito en tinta azul, inmediatamente después de lo tachado:

> Dada su posibilidad de reinar sobre los hechos, la narración debe superar las cosas englobándolas en una síntesis significativa guiada por el amor al conocimiento del hombre y propender a

Tomo la lapicera y después de releer "y propender a" escribo a su lado "la". Vacilo un momento, miro la lluvia mojando la fronda brillante del paraíso, y después me inclino otra vez sobre el cuaderno y pongo la palabra "sabiduría".

Índice

9 Sombras sobre vidrio esmerilado
39 Paramnesia
71 Barro cocido
85 Fotofobia
103 Verde y negro
117 Fresco de mano

Esta edición se terminó de imprimir en
Artes Gráficas Candil S. H.,
Nicaragua 4462, Capital Federal,
en el mes de noviembre de 2000.